虞山诗派论稿

周小艳 著

社会科学文献出版社
SOCIAL SCIENCES ACADEMIC PRESS (CHINA)

目　录

文献篇

《玉台新咏》版本释疑

　　近年，学界关于《玉台新咏》的版本研究取得了突破性的进展。刘跃进先生将现存的《玉台新咏》分为两个版本系统：一个为郑玄抚刻本系统，另一个是以明五云溪馆活字本、明崇祯六年赵均（字灵钧）刻本、明崇祯二年冯班抄本为代表的陈玉父刻本系统。刘先生充分肯定了第二个系统内冯班抄本之价值，云："冯抄本于宋刻，而上述与赵本相异之处，也许宋刻即是如此，而赵刻本则有所改易也。宋刻本今已难得一见，据此本或可考见宋本原貌。"① 谈蓓芳教授首先确定了《玉台新咏》原貌的几个主要特征，并指出了赵均刻本之谬误；继而从字迹和印识两个方面证明中国国家图书馆（本书以下简称"图家图书馆"）藏冯班抄本乃冯班亲笔手书，并非后人伪造，并通过研究冯班抄本和翁心存影冯知十抄本，得出冯班抄本、翁心存影冯知十抄本和赵均刻本出于同一底本，而赵均刻本未能忠实于底本，充分肯定了冯班抄本的学术价值。②

---

① 刘跃进：《玉台新咏研究》，中华书局，2000，第22页。
② 参见谈蓓芳《〈玉台新咏〉版本考》，《复旦学报》（社会科学版）2004年第4期；《〈玉台新咏〉版本补考》，《上海师范大学学报》（哲学社会科学版）2006年第1期。

冯舒、冯班、冯知十兄弟三人均曾抄校《玉台新咏》，现存与三兄弟相关的版本除冯班抄本外，尚有冯鳌刻砚丰斋藏本（以下简称"冯鳌刻本"）和翁心存影冯知十抄本。谈蓓芳教授已经考证翁心存影冯知十抄本与冯班抄本同出一源，可以互补，故冯班抄本和翁心存影冯知十抄本的版本情况已经基本厘清，然关于冯鳌刻本的版本问题尚有讨论之必要。

冯鳌刻本是以冯舒校本和冯班校点本为底本的，然而在与《常熟二冯先生集》、冯班抄本和翁心存影冯知十抄本比对时，发现了很多相异之处：第一，冯鳌刻本所录冯舒序文与《常熟二冯先生集》之《重校玉台新咏序》稍有出入；第二，冯鳌刻本所录冯班跋语与冯班抄本之冯班跋语不同；第三，冯鳌刻本与冯班抄本、翁心存影冯知十抄本内容微有不同。因此，本文主要从辨析这三个问题入手，谈冯鳌刻本的版本情况。

一　冯鳌刻本所录冯舒序文与《常熟二冯先生集》之《重校玉台新咏序》相异的问题

冯鳌刻本所录冯舒序云：

> 此书今世所行，共有四本：一为五云溪馆活字本，一为华允刚兰雪堂活字本，一为华亭杨元钥本，一为归安茅氏重刻本。活字本不知的出何时，后有嘉定乙亥永嘉陈玉父序，小为朴雅，讹谬层出矣。华氏本刻于正德甲戌，大率是杨本之祖。杨本出万历中，则又以华本意僾者。茅本一本华亭，误逾三写。尝忆小年侍先府君，

每疑此集原本东朝，事先天监，何缘子山窜入北之篇，孝穆滥挈笺之曲，意欲谛正，时无善本，良用怃然。己巳早春，闻有宋刻在寒山赵灵均所，乃于是冬挈我执友，偕我令弟，造于其庐，既得奉观，欣同传璧。于时也，素雪覆阶，寒凌触研，合六人之功，抄之四日夜而毕。饥无暇咽，或资酒暖，寒忘堕指，唯忧烛灭。不知者以为狂人，知音亦诧为好事矣。所憾者，寻较不精，时起同异，误自适于通人，疑未绝于愚口。敬遵先志，参其得失。见闻不广，敢矜三豕之奇；心目略穷，自盈偃鼠之腹。上党冯舒默庵述。

与《常熟二冯先生集》之《重校玉台新咏序》相较，多出"挈我执友，偕我令弟"八字，而无"凡七十三番，番三十行，行三十字"，并缺"谨护序之如左。较订此书，一以宋刻本为正。如'慄'之为'慄'，'莞'之为'苑'，'迢'之为'苕'，自是世手传写随世改例，知者自不烦言，故《真诰》注云：'溧'字或应作'溧'。潘安仁《关中记》云：因'苕'为名。李善注《文选》，俱作'苕苕'。事证的的，非愚臆说也。陶隐居云：字有不得体者，于理乃应治易，要宜全其本迹，廓之而注于下。义既为长，取以为例。宋本之善什九，俗本之善百一。凡今所笺，正是宋本之可疑者耳。俗本事例大乖，迨可忿笑，若不悟斯理者，便是不能灵知，亦可无烦诵读，并所略焉。"一段。谈蓓芳认为，冯鳌刻本冯舒序与《重校玉台新咏序》的不同，"显然不是由于它比《默庵遗稿》本可靠，而是因为《默庵遗稿》本中的那两段有力地揭穿了冯鳌本的伪造，所以把它删去了。”[①]（按：谈蓓芳所说的那两段指的是《默庵遗稿·重校玉台新咏序》中冯鳌刻本冯舒序所缺少的后两段）其实不然。

第一，冯鳌刻本刊刻于康熙五十三年（1714），张鸿辑刻《常熟二冯先生集》于民国14年（1925），远晚于冯鳌刻本。

第二，《默庵遗稿》现存的最早版本为康熙世豸堂本，仅存诗八卷，原缺卷九、卷十杂文两卷，自无此篇序文。王应奎《海虞诗苑》卷一亦载冯舒“著有《默庵遗稿》八卷，钱宗伯为序”[②]。而《常熟二冯先生集》之《默庵遗稿》的卷九、卷十，乃为张鸿补辑。关于此中始末，张鸿称：“冯默庵先生集，世豸堂原刻本目载诗文十卷，而仅存诗八卷，文则缺焉。幸有传抄本，因觅补之，得符原目。”张鸿虽指出卷九、卷十两卷乃据抄本抄录，然并未指出抄自何处。幸上海图书馆藏常熟丁氏淑照堂丛书稿本《默庵遗稿》亦抄录卷九、卷十两卷。丁祖荫跋曰：“《默庵遗稿》刊本卷一至八为诗，卷九、十，但存卷目，即此文两卷也。或以新朝嫌忌，刊后抄毁，故未得流布。此从陆芸珊处借抄。甲子（1924）端午夏，复借李氏静补斋藏本校一过。”仔细校检《常熟二冯先生集》和常熟丁氏淑照堂丛书本《默庵遗稿》之卷九、卷十两卷，两本悉数相同，可以得出张鸿刻本之后两卷乃据常熟丁氏淑照堂丛书本或陆芸珊抄本补录。而世豸堂本“总目”著录“第九卷，杂文十九首；第十卷，杂文十六首”，张鸿本和丁氏本之目录与世豸堂本同，正文则为“第九卷志、铭、序、

① 谈蓓芳：《〈玉台新咏〉版本补考》，《上海师范大学学报》（哲学社会科学版）2006年第1期，第23页。

② 王应奎：《海虞诗苑》，清乾隆年间刻本，中国国家图书馆藏。

杂文二十一首"，"第十卷记、疏、传、杂文，二十三首"，明显与"总目"不符，故两本卷九、卷十正文恐非世学堂本之原貌。因此，张鸿刻本之《默庵遗稿》后两卷的可靠性令人质疑。

第三，冯鳌刻本"凡例"有云：

> 默庵公校订此书，一以宋刻本为正，如"懔"之为"懍"，"莞"之为"苑"，"迢"之为"苕"，自是世手传写随世改例，知者不烦言，故《真诰》注云："漂"字或应作"溧"。《五经文字》云："苑菀"。并于阮《反说文》以"苑"为"苑囿"字。今则通用李善注《文选》，俱作"苕苕"。事证显然，非臆说也。陶隐居云：字有不得体者，于理乃应治易，要宜全其本迹，郭之向注于下。义即为长，取以为例。

此段话与《重校玉台新咏序》相较，虽个别字句和所用书证小有差异，如《重校玉台新咏序》云"'懔'之为'懍'"，"凡例"言"'懔'之为'懍'"。《重校玉台新咏序》云："《真诰》注云：'溧'字或应作'溧'。潘安仁《关中记》云：因'莞'为名。李善注《文选》，俱作'苕苕'。事证的的，非愚臆说也。""凡例"云："《真诰》注云：'漂'字或应作'溧'。《五经文字》云：'苑菀'。并于阮《反说文》以'苑'为'苑囿'字。今则通用李善注《文选》，俱作'苕苕'。事证显然，非臆说也。"《重校玉台新咏序》云："廓之而注于下。""凡例"云："郭之向注于下。"然传递出来的信息却是相同的。而在没有其他材料佐证的情况下，也很难判断究竟是冯鳌将冯舒序文拆分为序文、凡例，还是后人将序文、凡例合并为《重校玉台新咏序》。

综上，《默庵遗稿》原本中并无冯舒序文，《常熟二冯先生集》之《重校玉台新咏序》乃为张鸿据抄本补录，可靠性值得怀疑，且张鸿本的刊刻时间晚于冯鳌刻本，若以《重校玉台新咏序》来推定冯鳌刻本的真伪，证据似非充分。

二 冯鳌刻本所引冯班跋文与冯班抄本跋文相异的问题

冯鳌刻本所录冯班跋，曰：

> 己丑岁，借得宋刻本校过一次。宋刻讹谬甚多，赵氏所改，得失相半，姑两存之，不敢妄断。至于行款，则宋刻参差不一，赵氏已整齐一番矣。宋刻是麻沙本，故不佳。旧赵灵均物，今归钱遵王。小年兄弟，多学玉溪生作俪语，偶读是集，因摘其艳语可用者，以虚点志之。冯班二痴记。

此跋冯班抄本无，另有三篇曰：

> 己巳之冬，获宋本于平原赵灵均，回重录之如右。是书近世凡有三本：一为华亭杨玄钥本，一为归安茅氏本，一为袁宏道评本。归茅、袁皆出于杨书，乃后人所删益也，是本□其□书，后人有得此者，其审□□□常熟冯班者也。壬申春日识此。
>
> 己巳冬，方甚寒，燃烛录此，不能无亥豕。壬申春，

重假原本，士龙与余共勘二日而毕，凡正定若干字，其宋板有□则仍之云。冯班再记于确庵之北窗。

余十六岁时，常见五云溪活字本于孙氏，后有宋人一序，甚雅质。今年又见华氏活字本于赵灵均，华本视五云溪馆颇有改易，为稍下矣。然较之杨、茅则尚为旧书也。闻湖广李氏有别本宋板，甚精，交臂失之，殊为怅恨也。班又识。

冯班抄本之可靠性已经证实，冯鳌刻本之冯班跋文却与冯班抄本不同，那么，冯鳌刻本之冯班跋语是否出于伪造呢？我们可从五个方面来分析之。

其一，冯鳌刻本的冯班跋语与冯班抄本的跋语为互证关系。冯班抄本跋语称冯班曾于己巳（1629）冬抄录《玉台新咏》，并于壬申（1631）春据宋本校订。冯鳌刻本冯班跋语称冯班于己丑（1649）借宋刻再校一次，其当为冯班校书的继续。又冯班抄本之翁同书的跋文中言："二冯先生曾就灵均手抄，世有行本，默庵一跋，定远一跋，定远跋与此不同，而可以互证。"[①] 可见，世行本的冯班跋文是与冯班抄本的跋文不同的，但确属"互证"之关系。

其二，冯鳌刻本的此段跋语与冯班抄本亦可相互印证。冯班跋云："宋刻讹谬甚多，赵氏所改，得失相半，姑两存之，不敢妄断。"而从冯班抄本本身来看，也确是如此。此本对宋本的异体字、误字乃至缺字全部抄录，并常加盖椭圆形的"宋本"图章（此与冯班抄本的跋语"凡正定若干字，其

① 翁同书作此跋于咸丰九年五月二十四日，其所云之世行本很可能就是冯鳌刻本或吴兆宜注本。两本都有冯鳌刻本所录冯班跋文，而无冯班抄本的三篇跋文。

宋板有□则仍之云"相合);抄写时的缺漏、错误,后据宋本改正补入的,也加盖"宋本"椭圆章。冯班抄本的"宋本"图章说明了两个问题:一是冯班抄本较好地保存了宋本的原貌;二是冯班抄录时对宋本的讹谬、缺失等存疑,加盖图章以示疑而不论。

其三,赵刻本之行款,确经赵氏整齐一番。从冯舒跋语和翁心存影冯知十影宋抄本来看,宋本当为"凡七十三番,番三十行,行三十字"。国家图书馆藏明崇祯六年(1633)赵均刻本虽亦为"番三十行,行十五字",但无翁心存影冯知十抄本中的不应提行而提行和应该分段而不分之处。可知赵刻本于行款上在宋本的基础上加以"整齐划一"。此点亦合赵均刻本面目。

其四,钱曾确曾藏有宋刻《玉台新咏》。赵均跋《玉台新咏》云:"凡为十卷,得诗七百六十九篇,世所通行妄增,又几二百。惟庾子山《七夕》一诗,本集俱缺,独存此宋刻耳。虞山冯巳苍未见旧本时,常病此书原始梁朝,何缘子山厕入北之诗,孝穆滥擘笺之咏?此本则简文尚称皇太子,元帝亦称湘东王,可以明证。惟武帝之署梁朝,孝穆之列陈衔,并独不称名,此一经其子姓书,一为后人更定无疑也,得此始尽释群疑耳。"① 钱曾《钱遵王读书敏求记校正》卷四云:"玉台新咏集十卷。是集原本东朝,事先天监。流俗本妄增诗几二百首,遂至子山窜入北之篇,孝穆滥擘笺之曲(钰案此二语本冯舒),良可笑也。此本出自寒山赵氏,予得之于黄子羽。卷中简文帝尚称皇太子,元帝称湘东王,未改选录旧观。

---

① 明崇祯六年赵均刻本《玉台新咏》,中国国家图书馆藏。

牧翁云：凡古书一经庸妄手，纰缪百出，便应付蜡车覆瓿，不独此集也。披览之余，复视牧翁跋语，为之掩卷抚然。"① 赵均和钱曾二人同时传递出了两个相同的信息，即二人之藏本较世俗本少几二百首诗；简文帝尚称皇太子，梁元帝尚称湘东王。可知二人所云之本应为同一种。

从后人的记录中亦可知钱曾曾藏有宋刻原本。叶启发跋曰："赵氏宋本后归虞山牧翁，庚寅火后，为其从子遵王所得，述古之藏，乃不知流于何所。"② 傅增湘跋云："宋刻原本，自赵氏身后归于钱遵王，其后流传踪迹已不可知。"③ 由此可知，赵灵均所藏宋刻本曾归钱曾所有，只是后来佚失，踪迹全无。

其五，冯班确曾圈点过《玉台新咏》，且其圈点本得以流传。冯鳌刻本毂道人（叶树廉）跋，曰："亦照冯本参量圈点，增其不足，广其所用，藏之篋中，俾补吟咏。"④ 可知，确有冯班圈点本。而且虽然《玉台新咏》校本湮没者多，但其所藏参照冯班圈点并"增其不足，广其所用"之本经乱得以幸存。《四库全书总目》卷一百八十一《冯定远集》提要曰："《才调集》外，又有《玉台新咏》评本。"冯班抄本未有评点，此处"评本"当指冯班圈点本，而非冯班抄本。所以说，在冯班抄本之外，当别有一冯班圈点本《玉台新咏》，只是今不得见。

---

① （清）钱曾撰，（清）管庭芳、章钰校正《钱遵王读书敏求记校正》，见《宋元明清书目题跋丛刊》，中华书局，2006，第215页下。
② 明崇祯六年赵均刻本《玉台新咏》，中国国家图书馆藏。
③ 傅增湘：《藏园群书题记》，上海古籍出版社，2008，第908页。
④ 冯鳌刻本中的冯班跋文和叶树廉的跋文，吴兆宜注本和中国国家图书馆藏的吴慈培抄录佚名校点的清抄本中亦有著录。

根据我们对跋语内容的分析，冯鳌刻本中的冯班跋并无失实之处。更为重要的是，今台北图书馆藏有明崇祯六年赵氏复刊宋陈玉父本《玉台新咏》，清叶树廉在该本上过录了前引冯班跋语。除"偶"作"因"、"因"作"并"、"冯班二痴记"作"二痴"外，其余文字全同。叶树廉生于1619年，逝于1685年，而冯鳌本刊刻于康熙五十三年（1714），则叶树廉抄录冯班跋语的时间，要早于冯鳌刻本，可以排除叶树廉据冯鳌刻本抄录冯班跋语的可能性。进而言之，在冯鳌刻本之前，冯班的此段跋语即已存在，断非冯鳌伪造。

综上可知，冯鳌刻本中的冯班跋语并非冯鳌伪造。

三 冯鳌刻本内容与冯班抄本、翁心存影冯知十影宋本内容差异的问题

冯鳌刻本与冯班抄本和翁心存影冯知十影宋抄本确有很多不同，不免令人质疑。① 然冯班抄本抄于崇祯二年，而至"崇祯十七年七月晦"就已经"索借颇多，遂为俗子涂改，中间差误，已失抄时本来面目"。② 何况冯鳌见时乃为康熙年间，时隔几十年，其间删改差误之处可以想见。又从冯鳌跋文"至有讹谬不可从处，悉依默庵公正之"一语可知，冯鳌刻本与冯班抄本不同之处，乃依冯舒抄本校正。至于冯知十是否与冯舒、冯班同往赵均处抄录尚不可知，其抄本是否据冯舒抄本亦未可知。冯舒抄本已不可见，冯班抄本、冯知十抄本虽与其同源，但当时抄录时就有"同异"，又几经校订，

① 详见谈蓓芳《〈玉台新咏〉版本补考》，《上海师范大学学报》（哲学社会科学版）2006年1月。
② 明崇祯二年冯班抄本《玉台新咏》，钱孙艾跋，中国国家图书馆藏。

在流传过程中又经删改，已失原貌。所以也很难据二本来推见冯舒抄校本全貌，亦很难据此二本来论定冯鳌刻本的真伪。

冯鳌刻本参考了冯班抄本，最直接的证据是行款。冯舒抄本、翁心存影冯知十影宋抄本、明崇祯六年赵均刻本以及国家图书馆所藏的另一部清抄本均为"七十三番，番三十行，行三十字"；而冯班抄本为半页九行，行十九字。这是因为宋刻讹谬甚多，且行款不一，冯班在重录之时加以调整。而冯鳌刻本亦为半页九行，行十九字，与冯班抄本同。至于冯鳌刻本与冯班抄本和冯知十抄本的一些差异，可能是据冯舒抄本参校的结果，也可能在流传过程中经过删改，甚或冯鳌刊刻之时加以窜改。

冯鳌刻书时有所更改的情况，可从如下方面加以证明。按照冯舒跋语和冯鳌的凡例，此书应该一依宋刻，故正文中应以宋刻为主，而校注应为"某本作某"的形式。可是冯鳌刻本却有不少"宋本作某"的校注：如卷一《为焦仲卿妻作》诗"喜戏莫相忘"句"喜"字下小字双行注"宋本作嬉"，冯班抄本和翁心存影冯知十抄本均作"喜"，赵刻本作"嬉"；又"寻遣承请还"句，"承"字下小字双行注"宋本作丞"，冯班抄本和翁心存影冯知十抄本均作"承"，赵刻本和活字本作"丞"；又如卷二阮籍《咏怀诗》"声折似秋霜"句之"声"字下小字双行注"宋本作磐"，冯班抄本和翁心存影冯知十抄本均作"声"，赵刻本作"磐"；卷二张华《情诗》"连娟眸与眉"句"娟"字下小字双行注"宋本作媚"，冯班抄本和翁心存影冯知十抄本均作"娟"，赵刻本作"媚"。此类校语甚多，显然与冯舒序言不合。冯鳌刻本未见"赵刻本作某"的校语，而多处作"宋本作某"之字，与赵刻本同，故很可能冯舒校刻《玉台新咏》时所依据的"宋本"与赵刻本有渊源。又冯舒曾参校杨玄钥本（下文简称"杨本"），其中很多与冯班抄本的不同之处却与杨本相同，如卷二左思《娇女诗》"衣被皆重地"句之"地"字下小字双行注"宋本作池，一作施"，冯班抄本和翁心存影冯知十抄本皆作"地"，赵本作"池"，杨本作"施"；又如卷三陆机《艳歌行》"彩色若可餐"句之"彩"字下小字双行注"一作秀"，冯班抄本和翁心存影冯知十抄本作"彩"，杨本作"秀"；还有部分并未出校语，而是直接校改，如卷二曹植《情诗》"翔鸟鸣翠隅"句之"隅"字，冯班抄本和翁心存影冯知十抄本均作"偶"，杨本作"隅"；又"游目四野外"句之"目"字，冯班抄本和翁心存影冯知十抄本均作"自"，杨本作"目"；又如卷三陆机《艳歌行》"窈窕多容仪"句之"窈窕"，冯班抄本和翁心存影冯知十抄本作"窕窈"，杨本作"窈窕"。可以想见，冯舒参校杨本时，部分异文以"一本作某"出之，部分则在正文中直接校改。所以，我们可以肯定，冯舒在校刻《玉台新咏》时，曾以一种与赵刻本有渊源关系的"宋本"和杨本参校，删改了冯舒抄本和冯班圈点本，以至于出现冯舒刻本中多处或同于杨本，或同于赵本，而异于冯班抄本和翁心存影冯知十抄本的情况。

综之，冯班抄本和冯舒刻本有很多相异之处，应是冯舒刻书时参考他本作出校改所致。

本文的研究证明，冯舒刻本之冯舒序言和冯班跋语虽与《常熟二冯先生集》和冯班抄本不尽相同，但并非冯舒伪造；冯舒刻本虽部分掺进了冯舒的校语，未能很好保存冯舒校本和冯班校点本原貌，但还是有一定的版本依据的，绝非冯舒伪造。

又冯班的圈点于冯鳌刻本之外无从得见，可以说其学术价值还是不能忽视的。此本一出，便引起广泛关注，华绮更重刻之以弥补学者之憾，跋曰："《玉台新咏》十卷，自汉魏迄梁，作者具备，诗多《文选》中所未登。唐人渊源，皆出于此。第世无善本，明寒山赵氏旧藏宋刻，虞山冯默庵复搜罗辩证，为之校订，系以点次者。其弟钝吟手眼亦异。我朝康熙甲午冯冠山曾刻之吴中，四方争购，岁久版刓缺，承学者每以不见为憾，余因于暇日手校默庵原本，重刻以传之。"①《玉台新咏》因冯氏兄弟的抄校得以保存宋本原貌，而冯氏兄弟亦因此书奠定了二人于古籍整理、校勘领域的地位，并通过冯鳌刻本得以影响深远。

---

① 乾隆二十六年保元堂本《玉台新咏》，华绮跋。

僧齐己《白莲集》版本考

　　僧齐己《白莲集》十卷，宋刻本至明代即已湮灭，自汲古阁刻《唐三高僧诗集》本外，别无旧刊本。诸家所传者皆抄本，行间脱字甚多。钱谦益藏有一影宋抄本，朱笔补录缺字，已佚；另有一本为柳佥抄本，亦据宋本抄录，柳佥跋，并附《风骚旨格》一卷。现存明、清抄本，尚有冯班家抄本、明曹氏书仓抄本（曹学佺抄本）、何焯藏明抄本、顾一鹗所藏清抄本和涵芬楼印行本等，诸本均来源于柳佥抄本。柳佥抄本直接抄自宋本，在现存各本中最古；何焯藏明抄本直接源自柳佥抄本，最接近柳佥抄本原貌；冯班家抄本、《四部丛刊》本、曹氏书仓本与柳佥抄本差异颇多，可能均出自辗转传录，而非直接抄录自柳佥抄本，然柳佥抄本之缺文，三本皆备，亦不失资证价值；张氏藏清抄本和顾一鹗跋本皆来源于冯班家抄本，辗转颇多，讹谬亦多。然在论定各本之版本价值之前尚有三个问题需要考证：第一，国家图书馆著录柳佥抄本《白莲集》和何焯藏明抄本《白莲集》何本为柳佥亲笔手书；第二，何焯藏明抄本与冯班家抄本何本为何焯手校；第三，冯班是否抄校过《白莲集》。下面就这三个问题逐一考辨。

一 柳佥抄本《白莲集》

国家图书馆藏柳佥抄本《白莲集》和何焯藏明抄本《白莲集》均称为柳佥手抄本，然柳佥手抄两本的可能性甚微，当只有一本为柳佥手抄本，另一本为过录本，那么两本之中何本为柳佥手抄呢？

傅增湘曾藏有柳佥抄本，曰："是书明抄本，九行十八字，前有孙光宪序。《风骚旨格》前有柳佥跋五行"；有"'钱后人谦益读书记''季振宜印''沧苇''季振宜读书'朱文印，'金氏文瑞楼珍藏记'白文印"；"卷中宋讳如殷、敬、玄、匡、恒、贞字，咸缺末笔，可为源出宋刻之证"。又云其于得书之翌日，举行祭书之会，"因与祭诸公题名册首，余亦撮述源委，缀言于后"①。

国家图书馆藏有明嘉靖八年（1529）柳佥抄本《白莲集》十卷，《风骚旨格》一卷。每半页九行，行十八字，无格。卷中宋讳字，咸缺末笔。有孙光宪《白莲集序》，《风骚旨格》前有柳佥跋语。序页并有"钱后人谦益读书记""季振宜印""沧苇""季振宜读书""金氏文瑞楼珍藏记"诸印。序前有张宝祥题记，记录参加傅增湘祭书大典之情况，并云得见傅氏所藏之柳大中（佥）抄本《白莲集》十卷。此本虽无傅增湘跋语，然版式、印识及避讳等与傅增湘之著录悉数相吻，又有张宝祥之题记可作佐证，则此本为傅氏所藏之柳佥抄本，当无疑问。

国家图书馆另藏明抄本《白莲集》十卷，《风骚旨格》

---

① 傅增湘：《藏园群书题记》，上海古籍出版社，2008，第641页。

一卷，行款亦为半页九行，行十八字，无格，钤有"何氏藏书"等印识。目录后何焯跋语曰："此本乃嘉靖八年（1529）金阊柳佥得北宋刻传写者。"（以下称此本为"何焯藏明抄本"）

何焯云此明抄本为柳佥得北宋刻传写者，细检此本之行款，与国家图书馆著录之柳佥抄本同，并卷中避宋讳之缺笔悉同。然此本无傅氏记载之诸枚印章，每卷卷首、卷末另有"何氏藏书"之印。此本与国家图书馆著录之柳佥抄本微有不同：国家图书馆著录之柳佥抄本及其他抄本卷十目录有"夏日城中作二首"，何焯藏明抄本缺"夏日城"三字；另，国家图书馆著录之柳佥抄本，卷十最后两首诗为《送僧归日本》《庚午岁十五夜对月》，而此本之目录无这二首诗。再检其他抄本《白莲集》目录悉有此二首诗。而诸家抄本均来源于柳佥抄本，可知何焯藏明抄本非柳佥手抄本。另，国家图书馆著录之柳佥抄本前后字体不一，卷四、卷五与前后殊异，显非一人抄录，可能原本缺失，为后人补配。但通过与柳佥抄本《五代史补》和《贞居先生集》相比较，除去卷四、卷五等殊异之处，可以发现国家图书馆著录的柳佥抄本为柳佥抄本的可能性更大，[①] 而何焯藏明抄本乃为后人据柳佥抄本抄录，何焯跋语有误。

二　何焯校本《白莲集》

国家图书馆藏本中，录有何焯跋语的有三个本子：一本为上文所言何焯藏明抄本，卷首、卷末均有"何氏藏书"印

---

① 此本《白莲集》字体不一，特别是卷四、卷五字迹与前迥异，断非一人所为，可能为后人补配。

识；一本为清抄本，半页十一行，行二十四字，无框格，无目录，卷前有"阳城张氏省训堂经籍记""广圻采定"等印识（以下称"张氏藏清抄本"）；一本著录为"明末冯班家抄本（卷三、卷六配清抄本），清何焯校并跋，丁祖荫跋"，行款为半页九行，行十八字，左右双边，白口，黑鱼尾（以下称"冯班家抄本"）。

冯班家抄本《白莲集序》及各卷卷首之"白莲"二字上均加盖"上党"印章，《风骚旨格》卷末加盖"上党冯氏私印"印章。每卷卷首书"冯斑""冯彬""冯辩""冯贲""冯彪"等字。并有"一字虎""上邨""上邨冯氏私印""钱曾之印""嘉荫""兆玮审定""文登于氏小谟觞馆藏本""汉月""光宇""彭城""忠孝之家"等诸枚印识。可知此本曾经钱谦益、冯班、钱孙保、钱曾、何焯、汪士钟、于昌进收藏，罗振常、傅增湘经眼。

冯班家抄本《风骚旨格》卷末有何焯跋语两则，一跋墨迹清晰可见，曰："《白莲集》十卷，定远先生所手校。后转入钱遵王家，蒋三扬孙得之以赠余。余书素无善本，一旦得此书，遂居其甲，喜而识其所自。康熙壬申（1692）六月何焯书。"一跋墨色脱调严重，只能辨认几字。幸傅增湘先生曾藏有此本，抄录了何焯的两篇跋语，并云第一篇跋文为墨笔书写，第二篇跋文为黄笔书写。傅氏所录第一篇跋语，如本文所录，不赘。现据傅氏所载，补完第二篇何焯跋文："此本乃定远少年时所阅，虽优于汲古阁刊本，然亦未有宋刻精校。康熙戊子（1708），复借钱楚殷架上牧翁旧藏本参校，庶为善本，可资后来学吟者涉猎矣。长至后五日灯下焯又书。"①

何焯藏明抄本和张氏藏清抄本所录何焯跋语大体相同，曰："此本乃嘉靖八年（1529）金阊柳金得北宋刻写者，冯定远校过。壬申（1692）夏日，蒋三扬孙携以赠我，后有《风骚旨格》，差为可读。戊子（1708）长至从钱楚殷借得东涧老人所藏杨南峰（杨循吉）家抄本，遂详校一过，考去讹字百余，庶乎善本矣。"在最后落款时，何焯藏明抄本曰"焯记"；张氏藏清抄本曰"何焯记"。

三本之跋语均称曾经冯班、何焯校勘，然张氏藏清抄本虽录有何焯跋语，却通篇未见校改痕迹，可排除其为冯班、何焯校本的可能。而冯班家抄本和何焯藏明抄本均丹黄甲乙，斑然可见，那么两本孰为冯班、何焯所校？或两本同为二人所校？又或一本为二人校本，一本为抄录校本呢？

要解决这些疑问，首先要判定冯班家抄本和何焯藏明抄本之何焯跋是否为何焯手书。通过比较何焯校本《白莲集》何焯跋语、冯班家抄本《白莲集》何焯跋语、何焯行书杜甫诗、何焯行书《远游》篇等笔迹，冯班家抄本之何焯跋语应为何焯手书。又，冯班家抄本之丁祖荫跋语曰："钝吟少年所校，多从己意，得义门校宋书，遂称善。"傅增湘亦曾见冯班家抄本，曰："昔戊午岁，沪上蟬引庐罗子经君寄示旧抄一册，系义门手校，所据为钱牧斋藏本，复经冯定远校过，转入钱遵王家。"② 傅增湘和丁祖荫的跋语正可与何焯跋语相互印证，即冯班家抄本为冯班手校，复经何焯校补，且此本曾归述古堂所有。前已言明此本卷首有钱曾印章，确经钱曾

---

① 傅增湘：《藏园群书经眼录》，中华书局，1980，第 1109 页。
② 傅增湘：《藏园群书经眼录》，中华书局，1980，第 1109 页。

述古堂收藏。另，关于冯班家抄本之批校情况，罗振常的《善本书所见录》亦有记录。其称冯班家抄本有朱、黄批校，黄笔为何焯校勘，朱笔为冯班校勘。检此本之校勘确有朱、黄两种，则此本曾经冯班、何焯手校的可信度更高。

然何焯藏明抄本之何焯跋语又似不讹，且此本有何焯印识可为资证。傅增湘的另一段话，似有助于解开谜团，其曰："义门校书，常有复本，……若《长吉诗》《中兴间气集》《极玄集》等，皆不止一本。"① 又冯班校书亦常有复本，如冯班评校《瀛奎律髓》即有三四本之多。再检两书卷中校语，相互印证之处颇多，则冯班家抄本和何焯藏明抄本当均为冯班、何焯所校。

冯班家抄本之校勘总计有 52 处，其中在原字上涂乙者 36 处，在原字边校注者 8 处，校补原本之缺文者 8 处。考此本之校改，大都改正了冯班家抄本的讹错，还是很有价值的。

首先，冯班家抄本原有柳金抄本、何焯藏明抄本、《四部丛刊》本、曹氏书仓本均不缺字而自身缺字者有 12 处 12 字，其校补缺文 8 处 8 字，校补后与诸本同。如《东林作寄金陵知己》"泉滴胜清□，松香掩白檀"，冯班家抄本校补入"磐"字，校补后与柳金抄本、何焯藏明抄本、《四部丛刊》本、曹氏书仓本同；《山寺喜道者□》冯班家抄本校补入"至"字，校补后与诸本同；《读岘山碑》"那堪望黎庶，□地是疮痍"，诸本皆作"匝"字，冯班家抄本校补入"匝"字；《贺行军太傅得白氏□林集》冯班家抄本校补入"东"字，校补后与诸本同；《谢橘洲人寄橘》"霜□露蒸千树熟，

---

① 傅增湘：《藏园群书题记》，上海古籍出版社，2008，第 967 页。

浪围风撼一洲香"，冯班家抄本校补入"裛"字，校补后与诸本同；《苦寒行》"杀物之性，伤人之欲，既不能□绝蒺藜荆棘之根株"，冯班家抄本校补入"断"字，校补后与柳佥抄本、何焯藏明抄本同；《祈贞坛》"何当断欲便飞去，不要九转神丹□精髓"，冯班家抄本校补入"换"字，校补后与诸本同；《吊汨罗》"更有逐臣，于□葬魂"，冯班家抄本校补入"焉"字，校补后与诸本同。

其次，改正了冯班家抄本抄录时的部分讹误。如，《寄三觉山从益上人》诗，冯班家抄本作"三觉寺"，校改为"三觉山"。考，《四部丛刊》本和曹氏书仓本虽作"三觉寺"，然题目后有小字注云"又云三觉山"，柳佥抄本、何焯藏明抄本、汲古阁刻本和《唐百家诗》均作"三觉山"，并齐己另有《游三觉山》诗，所以此处为"三觉山"应更确。《寄南徐刘员外二首》"海边山夜上，城外寺秋寻"，冯班家抄本原作"城上寺秋寻"，与柳佥抄本和何焯藏明抄本同，校改为"城外寺秋寻"。考，上句为"海边山夜上"，下句再云"城上"似为不妥，且"城上寺"作何解？不若"外"字妙。《病起见秋月》"惜坐身犹倦，牵吟气尚赢"，诸本皆作"赢"，冯班家抄本作"应"，校改为"赢"。考，"赢"字照应题目"病起"和上句之"倦"字，而"应"字不知作何解，故当为"赢"字。《荆渚寄怀西蜀无染大师兄》"大沩心付白崖前，宝月分辉照蜀天"，诸本皆作"沩"；冯班家抄本作"伪"，校改为"沩"。考，"大沩"即为大沩山，乃齐己禅寺所在之地，"大伪"不知作何解，当为抄写之误。《沙鸥》"何如飞入汉宫去，留与兴亡作典经"，诸本皆作"亡"；冯班家抄本作"忘"，校改为"亡"。"忘"字误，当为"兴亡"。《赠岩居僧》"石如麒麟岩作室，秋苔漫坛净于漆"，诸本皆作"苔"，冯班家抄本作"坛"校改为"苔"。考，句中已有"漫坛"再作"秋坛"语意颇怪，作"秋苔"则合诗意，词意亦可解。冯班家抄本直接在原字上涂乙者，大都校改可确，而原字与校改字可两存者，其大都以旁注的形式出之，校勘态度还是颇为严谨的。

何焯藏明抄本总计校勘 65 处，其中直接在原字上涂改者 54 处；在原字旁边校注者 6 处；增补原本之缺文者 5 处 24 字。何焯藏明抄本之校勘价值主要有三方面。

第一，校补了部分缺文。柳佥抄本原缺 39 字，何焯藏明抄本亦缺，而冯班家抄本除《送刘蜕秀才赴举》与柳佥抄本一样同缺 5 字，剩余 34 字不缺（其中 32 字《四部丛刊》本和曹氏书仓本亦不缺）。何焯据杨南峰抄本校勘时补入 6 处 29 字，补后仅 2 处 6 字与冯班家抄本和《四部丛刊》本、曹氏书仓本不同。其为：《赠念法华经僧》诗"念经念佛能一般，爱河□处生波澜"，何焯校补为"无"字，冯班家抄本和《四部丛刊》本作"竭"字。卷一《送刘蜕秀才赴举》"百发百中□，□□□□年"，柳佥抄本、冯班家抄本、《四部丛刊》本、曹氏书仓诸本皆空缺，惟何焯藏明抄本补入为"百发百中艺，临场决胜年"。其余 23 字均与冯班家抄本、《四部丛刊》本和曹氏书仓本同。

第二，校改了柳佥抄本并何焯藏明抄本部分讹误。柳佥抄本虽出自宋本，然或由宋刊本身即微有瑕疵，或柳佥抄录时偶有疏漏，仍有个别字词颇可商榷。何焯藏明抄本在据柳佥抄本抄录时将可商榷处原封不动地过录下来，何焯校勘时发现并予以校正。如，卷三《江令石》"贪向深宫去，死同

忘国休"，柳金抄本和何焯藏明抄本皆作"忘"，何焯校改为
"亡"。《四部丛刊》本、曹氏书仓本、《唐三高僧诗集》、《全
唐诗》皆作"亡"，而从通篇的语境来看也应作"亡"。卷六
《岁暮江寺住》中"风雪军城外，兼葭水寺中"，柳金抄本、
何焯藏明抄本作"水寺"，何焯校改为"古寺"。《四部丛刊》
本、曹氏书仓本、《全唐诗》皆作"古寺"。"水寺"不知何
解，"古寺"为当。《书李秀才壁》中"我有闲来约，相看雪
满殊"，柳金抄本、何焯藏明抄本皆作"殊"字，何焯校改
为"株"字。《四部丛刊》本、曹氏书仓本、《全唐诗》亦作
"株"。"雪满殊"未知何意，当为"雪满株"。

第三，考见记录了杨南峰家抄本与柳金抄本之异同。从
现有资料来看，《白莲集》比较早的版本，主要有钱曾《读
书敏求记》记载的钱谦益藏影宋抄本和柳金抄本，两本俱据
宋本影录。何焯从钱楚殷处借得的杨南峰家抄本，很可能即
为《读书敏求记》所言的影宋抄本。首先，何焯从钱楚殷处
借得的杨南峰家抄本，曾为钱谦益所藏，后归钱曾，故何焯
能从钱曾之子楚殷处借得此本。其次，钱谦益藏影宋抄本仅
为《白莲集》十卷，没有《风骚旨格》，而何焯藏明抄本仅
《白莲集》卷中丹黄甲乙斑然可见，《风骚旨格》则未见批校
痕迹。此种情况，可能有三种缘由。一种是杨南峰家抄本仅
为《白莲集》十卷而未附《风骚旨格》。一种是杨南峰家抄
本附有《风骚旨格》，但与柳金抄本和何焯藏明抄本并无相
差，所以何焯藏明抄本《风骚旨格》未见批语，但冯班家抄
本《风骚旨格》卷中却有批语。虽然不知何焯校勘冯班家抄
本《风骚旨格》所据何本，但所据之本亦当直接或间接出自
宋本，然其却与柳金抄本颇有差异。另，杨南峰家抄本《白

莲集》与柳金抄本差别亦不甚少，何焯藏明抄本之何焯校勘记中斑然可见。所以，杨南峰家抄本《风骚旨格》与柳金抄本零差别的可能性很小。一种是杨南峰家抄本附有《风骚旨格》，但何焯未校勘。何焯在校勘冯班家抄本《风骚旨格》时，不仅校勘了文字的差异，并加注了诗句出处。以此种校勘态度，其岂能看见杨南峰家抄本《风骚旨格》而置之不顾？综之，何焯据以校勘的杨南峰家抄本，很可能即为《读书敏求记》所言的钱谦益藏影宋抄本，此本仅有《白莲集》十卷而未有《风骚旨格》。

惜此本不存，幸何焯藏明抄本校语为我们考见杨南峰家抄本留下了些许线索。何焯校勘时或改或注，保留了两本的异同。如，卷一《蝴蝶》诗，现存诸本皆作"桃蹊牵往复，兰径引相从"，何焯校改为"兰径引过从"；《送迁客》诗，现存诸本皆作"应想尧阴下，当时獬豸头"，何焯校改为"应想尧庭下"；卷二《归雁》诗，诸本皆作"湘川一夜空"，何焯校改为"潇湘一夜空"；《老将》诗，诸本皆作"逐虏与平戎"，何焯校改为"破虏与平戎"……我们很难断定哪个字善哪个字不善，故均可两存之。从中我们可得知，杨南峰藏家抄本与柳金抄本皆源自宋刻，大体相类，又稍有不同。

三 冯班抄本《白莲集》

《居易录》卷十五云："僧齐己《白莲集》十卷、《风骚旨格》一卷，有荆南节度副使、朝议郎、检校秘书少监试御史赐紫金鱼袋孙光宪序。嘉靖己丑柳金跋云，'元书北宋刻，传世既久，湮灭首卷数字，当俟善本补完，与皎然、贯休三集并传之'。常熟冯班抄本。"《香祖笔记》又云："齐己《白莲集》至今尚传，余尝见海虞冯氏写本，有荆南孙光宪序，篇帙完好，略无缺佚。"可知，王士禛曾得见冯班抄本《白莲集》十卷附《风骚旨格》一卷。然检各大图书馆藏书目录，除国家图书馆外，其他均未见有著录冯班抄本《白莲集》者。此本卷末有丁祖荫跋语一则，也记录了王士禛《居易录》和《香祖笔记》中关于冯班抄本《白莲集》诸语，不具录。然其对此本是否为冯班所抄提出异议，曰："是此本抄于冯氏，藏于钱氏转而入于蒋、于何，最后为汪、为于，藏弆源流，历历可数。惟'汉月'一印，视冯略早。藏师入主三峰，乃在万历中叶，其果出于冯氏传写？抑为清凉旧帙？冯氏无辞，不足征也。"

丁祖荫虽历数此本"抄于冯氏，藏于钱氏"的藏弆源流，但对于此本是否为冯班手抄，还是持怀疑态度的。如丁氏所见，此本虽有冯班的印识和校语，然并无冯班跋语，且卷首有"汉月"和"光宇"两枚印识，似略早于冯班。丁祖荫于《夜坐》诗附纸曰："汉月禅师名法藏，字於密，无锡苏氏子，万历庚戌（三十八年）入主三峰。袁光宇，字元让，号养冲，万历丙戌进士（十四年），丙申卒（二十四年），尚在汉月来虞之先。"虽然丁祖荫对"汉月"之印提出质疑，然其出现在冯班抄录之后的可能性还是存在的。冯班生于1602年，汉月来虞在1610年，彼时冯班8岁，虽尚年幼，然汉月卒于崇祯乙亥即1635年，时年冯班33岁。汉月入主三峰至其卒期间，冯班还是有可能与其交往的。故以"汉月"之印来验证此本非冯班所抄，实则站不住脚。然如"光宇"之印果出于袁光宇，其卒年为万历丙申（1616），时冯班尚只14岁，则此本为冯班抄录后由其经眼的可能性甚微。又，何焯

和傅增湘皆言此为冯班校本，未提为冯班抄本，故很难论定
此本为冯班抄录。另，此本之字体与国家图书馆藏冯班抄本
《玉台新咏》和上海图书馆藏《王右丞集》迥异，非出自一
人之手。故国家图书馆藏冯班家抄本，当非冯班手书之本，
仅为冯班校本。

四　其他版本《白莲集》

除上文介绍的柳佥抄本、冯班家抄本、何焯藏明抄本和
张氏藏清抄本外，国家图书馆尚藏有刘氏嘉荫簃藏清抄本
《白莲集》十卷、顾一鹗跋清抄本《白莲集》十卷附《风骚
旨格》一卷、毛氏汲古阁刊印《唐三高僧诗集》本。复旦大
学藏有明天启七年（1627）曹氏书仓抄本《白莲集》十卷附
《风骚旨格》一卷。另有涵芬楼藏抄本《白莲集》十卷附
《风骚旨格》一卷，已收入《四部丛刊》（以下称"《四部丛
刊》本"）。

刘氏嘉荫簃藏清抄本《白莲集》十卷，半页十行，行二
十字，无格，钤有"嘉荫簃""嘉荫簃藏书印""御赐清爱
堂""刘喜海印""筤河府君遗藏书画"等诸枚印识。卷末跋
云："此集汲古阁毛氏曾刊入《唐三僧集》。"然检此本与诸
本多有差异，殊不类。

毛氏汲古阁刻《唐三高僧诗集》录有《白莲集》十卷，
半页八行，行十九字，左右双边，版心刻"汲古阁"。卷首钤
有"长乐郑振铎西谛藏书印""丽农精舍藏书""北塘金氏收
藏""董康印""江屏氏"诸印，卷末钤"长乐郑氏藏书之
印""吴江余瑶网鉴藏书画图籍印"二印。序后有《梁江陵
府龙兴寺齐己传》，卷末有毛晋跋和郑振铎跋。毛晋有两篇跋

语，其二云得《白莲集》之经历，言其"先得《杼山》《禅月》，未购《白莲》"，丙寅（1626）春杪，于其岳父康孟修东梵川处，得紫柏手书《樊川纪略》一幅，"又搜得《白莲集》六卷，惜未其全，忽从架上堕一破篋，复得四卷"，亦为紫柏手授遗编。毛氏所藏紫柏手抄本，傅增湘亦曾得见，并据柳佥抄本校勘，云其"从柳大中处录出"，"卷五《渚宫莫问》诗十五首，次第既不同，而第一、第七、第十三首末句乃互相掺杂"①，得柳佥抄本悉从更正。余检此刻本，录诗与柳本全同，当是源自柳佥抄本。然此本未有柳佥跋语，并集中文字与柳本差异颇多，举其大者即如傅增湘所云《渚宫莫问》十五篇次第及末句掺杂之问题，并时有柳佥抄本不缺字而此本有缺字处。

顾一鹗跋清抄本《白莲集》十卷附《风骚旨格》一卷，半页十行，行十九字，左右双边，白口，单鱼尾。顾一鹗于卷首题记，云："随园行篋书。是集为钱塘汪午晴太史家藏旧本。乾隆丙申余从事西江书局，与太史订忘年交，以此持赠，珍若百朋。"并有"顾一鹗印"和"西江书局校书"诸记。可知此本原为袁枚收藏，后转入钱塘太守汪午晴家，汪午晴赠予顾一鹗，后又转入瞿氏铁琴铜剑楼。瞿氏举以校毛本"正误甚多，《风骚旨格》亦未刻"②。

明末曹氏书仓抄本《白莲集》十卷附《风骚旨格》一卷，半页十一行，行二十一字，左右双边，版心书"曹氏书仓"。钤有"独山莫氏铜井文房之印""莫棠字楚生印""莫

---

① 傅增湘：《藏园群书题记》上海古籍出版社，2008，第 641 页。
② （清）瞿镛：《铁琴铜剑楼藏书目录》卷十九，见《宋元明清书目题跋丛刊》（十），中华书局，2006，第 294 页。

氏秘笈""苍虹经眼""王氏二十八审研斋秘笈"等印识，复旦大学藏。跋云："天启七年（1627）仲冬，借绿斐堂（冯廷章）抄本录于一字斋中。虚舟子记。"则曹氏书仓抄本乃据虚舟子抄录的冯廷章抄本抄录。举此本与柳佥抄本对校，文字虽有差异，但总体趋同，并亦抄录柳佥跋语，知其亦源自柳佥抄本。

《四部丛刊》本《白莲集》十卷附《风骚旨格》一卷，为"旧写本，十一行二十一字，卷十后有柳佥识语，从柳佥本出"[①]，曾为傅增湘收藏。

《白莲集》现存之最早版本即柳佥抄本，以上诸家抄、刻本均与其有些渊源，兹足贵也。然其仍有诸多疏漏之处，亦应说明。首先，柳佥抄本录诗807首，比孙光宪《白莲集序》所云810首少3首。其次，诗歌顺序偶有颠倒处。如卷二《答人寒夜所寄》诗，据目录应在《送人赴举》和《酬洞庭陈秀才》两诗之间，然柳佥抄本在抄录时遗漏，将其补入第二卷卷末，并于《酬洞庭陈秀才》诗处，眉批云："《答人寒夜所寄》诗在卷末。"最后，文字略有残缺，总计39字。据柳佥跋语，文中缺漏之处，实乃因其所据北宋刻本即已残缺。除此之外，文中又偶有因缺字或舛错致句意费解之处。如，卷五《伤秋》诗"名山未归得，可惜死江湖"，柳佥抄本作"可死惜江湖"，殊不可解，应为抄录时致误。卷十《观李璸处士画海涛》诗，柳佥抄本作"一挥一画皆筋骨，混漾崩腾大鲸枭。瓦仙搓摆欲沉，下头应是骊龙窟"，"摆"与"欲"之间缺一字未留白；曹氏书仓本和《四部丛刊》本作"瓦仙

---

① 莫友芝撰，傅增湘订补《藏园订补郘亭知见传本书目》，中华书局，2009，第1077页。

搓摆□欲沉"；何焯藏明抄本和冯班家抄本校补为"瓦仙搓摆卜欲沉"；毛氏刻本作"一挥一画皆筋骨，滉漾崩腾大鲸□。□泉瓦仙槎摆欲沉"；《全唐诗》作"叶扑仙槎摆欲沉"。然句意均颇费解。《影宋唐人五十家小集》、《唐音统签》、朱警《唐百家诗》均作"叶样仙槎摆欲沉"，意较胜。

各家抄本抄录情况不一而足，差异较大。在所见诸本之中，何焯藏明抄本最接近柳佥抄本原貌，不仅版式、避宋讳缺笔、缺字悉同，且柳佥抄本中诗歌顺序颠倒处亦同。如上所指卷二《答人寒夜所寄》诗，柳佥抄录时遗漏，故将其补入卷末，何焯藏明抄本亦从其遗漏，抄于卷末。另遇有柳佥抄本与别家顺序不同者，何焯藏明抄本仍与柳佥抄本同。如：卷二《夏日栖霞寺书怀寄张逸人》诗，冯班家抄本、《四部丛刊》本、曹氏书仓本均在《古松》与《访自牧上人不遇》之间，柳佥抄本及何焯藏明抄本目录并正文均在《送友人游湘中》后；卷七《喜得自牧上人书》诗，《四部丛刊》本、曹氏书仓本、冯班家抄本在卷末，柳佥抄本、何焯藏明抄本在《怀金陵知旧》和《惊秋》之间。

然何焯藏明抄本仍偶有与柳佥抄本相异者9处9字，其中7处为个别文字之差异。《赠刘五径》"往年长白山，发愤忍饥寒"，柳佥抄本并冯班家抄本、《四部丛刊》本、曹氏书仓本皆作"饥"，何焯藏明抄本作"肌"；柳佥抄本、《四部丛刊》本、曹氏书仓本作《谢人寄诗集》，何焯藏明抄本作《谢人寄新诗集》；《将之匡庐过浔阳》柳佥抄本、冯班家抄本、《四部丛刊》本、曹氏书仓本皆作"浔"，何焯藏明抄本作"寻"；《和昙域上人寄赠之什》"道寄虚无合，书传往复空"，柳佥抄本、冯班家抄本作"无"，《四部丛刊》本、曹氏书仓本、何焯藏明抄本作"元";《夏日作》"燕雀语相和,风池满芰荷",柳金抄本、冯班家抄本作"雀",《四部丛刊》本、曹氏书仓本作"省";《赠樊处士》"有路未曾迷日用,无贪终不乱天机",柳金抄本、冯班家抄本作"迷",何焯藏明抄本、《四部丛刊》本、曹氏书仓本作"谋";《忆东林因送二生归》"可怜二子同归兴,南国烟花路好行",柳金抄本、冯班家抄本作"兴",何焯藏明抄本、《四部丛刊》本、曹氏书仓本作"去"。另有 2 处为柳金抄本不缺字而此本缺字:《对雪寄荆幕知己》"江斋卷箔含毫久,应想梁王礼不经",柳金抄本、冯班家抄本不缺字,何焯藏明抄本、《四部丛刊》本、曹氏书仓本缺"不"字;《酬九经者》"江僧酬雪句,沙鹤识麻衣",柳金抄本、冯班家抄本不缺字,何焯藏明抄本、《四部丛刊》本、曹氏书仓本缺"句"字。十卷之数 9 字之差,已是十分难得,不必苛责。

在所见诸本中,冯班家抄本的情况最为复杂,不仅抄录者是谁扑朔迷离,并抄录时间、底本亦不甚明了。现虽无法考证其为何人抄录,然非冯班所抄,上文已证。关于抄录时间,诸家跋语虽未言明,然视"光宇"和"汉月"两印,如"光宇"之印果出于袁光宇,则其抄录时间至少要早于万历丙申年(1616)。如非,时间尚可后推,以汉月禅师卒年为限,也不会晚于崇祯乙亥年(1635)。至于所据之底本,虽抄录有柳金跋语,然其直接来源于柳金抄本的可能性并不是很大。因为此本中多有异于柳金抄本处,如上文所言柳金抄本诗歌顺序错漏处,冯班家抄本亦与其不同。并卷二《夏日栖霞寺书怀寄张逸人》诗及卷七《喜得自牧上人书》诗的顺序,均与柳金抄本和何焯藏明抄本异,而与《四部丛刊》本和曹氏书仓本同。

又，上文言柳金抄本缺文 39 字，此本除《送刘蜕秀才赴举》诗与柳金抄本同缺 5 字，其余 34 字悉存。如：卷一《新秋雨后》"静引闲机发，凉吹远思醒"，柳金抄本、何焯藏明抄本缺"静引闲机"四字，冯班家抄本、《四部丛刊》本、曹氏书仓本皆不缺；卷十《君子行》"苟进不如此，退不如此，亦何必用虚伪之文章，取荣名而自美"，柳金抄本缺"苟进不如此，退"和"章，取荣名而自美"，冯班家抄本、《四部丛刊》本、曹氏书仓本皆不缺；《升天行》"幢盖飘摇入冷空，天风瑟瑟星河动"，柳金抄本缺"摇"字，《四部丛刊》本、曹氏书仓本、冯班家抄本均不缺；《赠念法华经僧》"念经念佛能一般，爱河竭处生波澜"，柳金抄本缺"竭"和"生波澜"，冯班家抄本不缺；《谢徽上人见惠二龙障子，以短歌酬之》"我见苏州昆山金城中，金城柱上有二龙。老僧相传道是僧舔手，寻常入海共龙斗"，柳金抄本缺"苏州昆山""手，寻常入"，冯班家抄本、《四部丛刊》本、曹氏书仓本皆不缺。

另，诸本异同之处，其与柳金抄本同者仅 5 处，与何焯藏明抄本同者仅 1 处，与柳金抄本、何焯藏明抄本并同者为 39 处；与曹氏书仓本同者仅 8 处，与《四部丛刊》本同者仅 1 处，与《四部丛刊》本、曹氏书仓并同者为 53 处。即诸本中冯班家抄本与曹氏书仓本相同者 61 处，与柳金抄本相同者 44 处。就比重而论，其与曹氏书仓本更为接近。

《四部丛刊》本和曹氏书仓本虽也抄录了柳金跋语（《四部丛刊》本抄录于《白莲集》卷末，曹氏书仓本同冯班家抄本抄录于《风骚旨格目录》后），然卷中诸本异同处多与冯班家抄本同，而与柳金抄本和何焯藏明抄本相异。不仅诗歌顺序与冯班家抄本同，而且关于柳金抄本缺文，二本只有两处与冯班家抄本不同：《赠念法华经僧》"念经念佛能一般，爱河竭处生波澜"之"竭"字，冯班家抄本不缺，曹氏书仓本缺，《四部丛刊》本原缺后为补入；《观李璩处士画海涛》，冯班家抄本不缺字，曹氏书仓本和《四部丛刊》本缺。其余37字均与冯班家抄本同。另，就集中文字而言，两本与柳金抄本、何焯藏明抄本差异更甚。两本相同而与柳金抄本、何焯藏明抄本相异者，多达159处，其中53处并与冯班家抄本同。

当然冯班家抄本、曹氏书仓本、《四部丛刊》本之间也略有相异，各有缺漏。如《四部丛刊》本没有孙光宪序，且三本皆有别本不缺字而自身缺字之情况。然总体来说，曹氏书仓本与《四部丛刊》本更为相类，而与冯班家抄本差异多些。《四部丛刊》本与曹氏书仓本相同者为159处，相异者为27处，其中13处为《四部丛刊》本与诸本皆异者，14处为曹氏书仓本与诸本皆异者。冯班家抄本除了有62处与曹氏书仓本或《四部丛刊》本相同，另有45处与曹氏书仓本、《四部丛刊》本异而与柳金抄本或何焯藏明抄本同，又其还有43处与诸本皆不同。但相较《四部丛刊》本，冯班家抄本与曹氏书仓本更为接近。其与曹氏书仓本同者61处，与《四部丛刊》本同者54处。而其中53处为并与两本相同，即遇见曹氏书仓本与《四部丛刊》本不同之处，其依曹氏书仓本处更多。

关于《四部丛刊》本和曹氏书仓本抄录所自，皆无相关著录，但曹氏书仓本所录虚舟子跋语记载了曹学佺抄书所自，乃为天启七年（1627）虚舟子所录冯廷章抄本。从三本的同异来看，冯班家抄本和《四部丛刊》本很可能与曹氏书仓本一样源自冯廷章抄本。只是不知其是否直接抄自冯廷章本，还是同曹氏书仓本一样抄录于虚舟子本。

张氏藏清抄本、顾一鹗跋本皆来源于冯班家抄本。因遇冯班家抄本与他本相异时，张氏藏清抄本和顾一鹗跋本往往与冯班家抄本同。如：卷二《赠曹松先辈》诗"闲游向诸寺，却看白麻衣"，柳金抄本、何焯藏明抄本、《四部丛刊》本、曹氏书仓本皆作"诸"，冯班家抄本、张氏藏清抄本、顾跋本作"谁"；《禅庭芦竹十二韵呈郑谷郎中》诗"映带兼苔石，参差近画楹"，柳金抄本、何焯藏明抄本、《四部丛刊》本、曹氏书仓本皆作"近"，冯班家抄本作"逸"，张氏藏清抄本、顾跋本亦作"逸"；《思游峨眉寄林下诸友》诗"会抛湘寺去，便逐蜀帆归"，柳金抄本、何焯藏明抄本、《四部丛刊》本、曹氏书仓本皆作"便"，冯班家抄本作"更"，张氏藏清抄本和顾跋本亦作"更"；《闻贯休下世》诗"欲去焚香礼，啼猿峡阻修"，柳金抄本、何焯藏明抄本、《四部丛刊》本、曹氏书仓本皆作"礼"字，冯班家抄本作"裡"字，张氏藏清抄本、顾跋本亦作"裡"字；《送卢说乱后投知己》诗"兵寇残江墅，生涯尽荡除"，柳金抄本、何焯藏明抄本、《四部丛刊》本、曹氏书仓本皆作"江"，冯班家抄本作"红"，张氏藏清抄本、顾跋本亦作"红"；卷四《送周秀游峡》"又向夔城去，知难动旅魂"，柳金抄本、何焯藏明抄本、《四部丛刊》本、曹氏书仓本作"向"，冯班家抄本、张氏藏清抄本、顾跋本作"白"；《永夜》诗"神闲无万虑，壁冷有残灯"，柳金抄本、何焯藏明抄本、《四部丛刊》本、曹氏书仓本皆作"虑"，冯班家抄本、张氏藏清抄本、顾跋本作"应"。此种甚多，不一一列举。而两本又偶有由于抄录时校勘不严，与冯班家抄本不同之处。张氏藏清抄本和顾跋本两本中，张氏藏清抄本与冯班家抄本相异之处要少一些，而顾跋本相较略多。

综之，在《白莲集》现存各本之中，柳金抄本直接抄自宋本，在现存各本中价值最高。何焯藏明抄本直接源自柳金抄本，最接近柳金抄本原貌，又经何焯据杨南峰家抄本校勘，不仅改正了柳金抄本一些明显讹误，并可由其校勘记推知杨南峰本面貌。冯班家抄本、《四部丛刊》本、曹氏书仓本与柳金抄本差异颇多，可能均出自辗转传录，而非直接抄录自柳金抄本。然柳金抄本之缺文，三本皆备，亦不失资证价值。张氏藏清抄本和顾一鹗跋本皆来源于冯班家抄本，辗转颇多，故讹谬多些。毛氏汲古阁刻《唐三高僧诗集》与柳金抄本虽亦时有异同，然其为现存《白莲集》最早之刻本，亦不可忽。另，《全唐诗》和朱警《唐百家诗》亦悉录僧齐己之诗，可与《白莲集》互见，并增补遗诗。

《文心雕龙》版本补考

　　学界关于《文心雕龙》的研究已经取得了突破性的进展，詹锳先生的《文心雕龙义证》一书对《文心雕龙》的各大馆藏版本均有详细的介绍，为我们研究《文心雕龙》提供了很大的便利。然而冯舒、冯班兄弟均曾校定《文心雕龙》，且冯班还据钱功甫抄本抄录一过。《文心雕龙义证》一书对冯舒校本《文心雕龙》的版本特征给予了详细介绍，却未提冯班抄本。本文在詹先生的研究基础上，补录冯班抄本和冯舒校本的一些特征；考证冯班抄本乃其亲笔手书，而非伪造；论定二冯抄校本《文心雕龙》版本学价值。

一　冯班抄本和冯舒校本《文心雕龙》的版本介绍

（一）冯班抄本《文心雕龙》

　　明天启四年冯班抄本，半页九行，行二十字，左右双边，黑口，单鱼尾，常熟图书馆藏。首目录、次正文、卷末抄录钱允治题识，冯班并跋，曰：

　　　　按此书至正乙未刻于嘉禾，弘治甲子刻于吴门，嘉靖庚子刻于新安，辛卯刻于建安，癸卯又刻于新安，万历己酉刻于南昌。至《隐秀》一篇，均之阙如也。余从阮华山得宋本抄补，始为完书。甲寅七月廿四日，书于南宫坊之新居。钱功甫记。

功甫（原文为"父"）又名允治，厥考穀，传世好书，所藏精而富，今则散为云烟矣。余从钱牧斋得是书。前有元人一叙，极为可嗤，因去之，而重加缮写。其间讹字尚多，不更是正，贵存其旧云。冯班。（班印）

（二）冯舒校本《文心雕龙》

明天启七年谢恒抄本，冯舒校跋，半页九行，行二十字，四周单边，黑口，单鱼尾，国家图书馆藏。前有《文心雕龙·目录》，次正文，卷末抄录朱谋㙔跋和钱行甫跋（作"《文心雕龙》跋"），次冯舒跋语，尾页书"壬寅腊月望后重装"。目录首页有"文瑞楼""季振宜藏书""铁琴铜剑楼"诸印章；卷一首页有"文瑞楼""铁琴铜剑楼""上党""上党冯氏藏书""空居阁藏书记"五枚印识；卷十末有"上党冯氏藏书""铁琴铜剑楼"二枚印识。

冯舒抄录朱谋㙔跋和钱功甫跋，并手跋于后，钱功甫跋已见冯班抄本，现录朱谋㙔跋和冯舒跋，如下：

往余弱冠，日手抄《雕龙》，讽味，不舍昼夜。恒苦旧无善本，传写讹漏，遂注意校雠。往来三十余年，参考《御览》《玉海》诸籍，并据目力所及，补完改正，共三百二十余字。如《隐秀》一篇，脱数百字，不复可补；他处尚有讹误，所见吴、歙、浙本，大略皆然。虽有数处改补，未若余此本之最善矣。俟再谘访博雅君子，增益所未备者而梓传之，亦刘氏之忠臣，艺苑之功臣哉。万历癸巳六月日，南州朱谋㙔跋。

功甫姓钱，讳允治，郡人也。厥考讳穀，藏书至多。功甫卒，其书遂散为云烟矣。予所得《毗陵集》《阳春录》《简斋词》《啸堂集古录》，皆其物也。岁丁卯（1627），予从牧斋借得此本，因乞友人谢行甫录之。录毕，阅完，因识此。其《隐秀》一篇，恐遂多传于世，聊自录之。八月十六日，屏守居士记。

南都有谢耳伯校本，则又从牧斋所得本而附以诸家之是正者也。雠对颇劳，鉴裁殊乏。惟云朱改，则必凿凿可据。今亦列之上方。闻耳伯借之牧斋时，牧斋虽以钱本与之，而秘《隐秀》一篇。故别篇颇同此本，而第八卷独缺。今而后始无憾矣。（"上党冯舒"之印）

丁卯中秋日阅始，十八日始终卷。此本一依功甫原本，不改一字。即有确然知其误者，亦列之卷端，不敢自矜一隙，短损前贤也。屏守居士识。（"上党冯舒""冯巳苍手校本"印）

《太平御览》六百八卷有论学一段，此本所缺。（涂抹，后书"此抱朴子也，刻本误耳"。钱本在第七卷。）五百九十八卷又有契、券、替三条，亦缺。（涂抹，后书"并有"。）

崇祯甲戌（1634），借得钱牧斋赵氏抄本《太平御览》，又校得数百字。

二 冯班抄本的真实性

冯班抄本，明清诸家书目并无著录，所以我们在进行评述之前，首先要证明此本乃冯班亲笔手书，而非伪造。陈先行先生在《明清稿抄校本鉴定》一书中指出，鉴定批校本可以依据字体、印章、避讳字、题跋和文字内容的考订等。[①] 下面我们就从字体、印章等方面证明冯班抄本的真实性。

第一，就字体而言，冯班抄本《文心雕龙》与目前所藏其他冯班抄本并手跋字迹并无违戾。冯班抄本及手书题跋，除《文心雕龙》外尚有存者，如国家图书馆藏有明崇祯二年冯班抄本《玉台新咏》、冯班抄本《西昆酬唱集》以及冯班跋明张敏卿抄本《贾浪仙长江集》，上海图书馆藏有明崇祯三年冯班抄本《王右丞集》等，笔迹与此本可相互印证。

第二，从印章上言，冯班抄本《文心雕龙》"班""一字虎"印与冯班其他抄本的印章可以相互比对，并非别人伪造。"班""一字虎"印，均见于冯班抄本《王右丞集》，"班"印并见于冯班抄本《玉台新咏》、冯班家抄本《白莲集》等。

第三，从文字内容上言，冯班抄本和冯舒校本可以相互印证，则冯班抄本出自钱功甫抄本当无误。首先，冯班和冯舒均言钱功甫藏书甚富，死后则化为云烟，钱功甫抄本《文心雕龙》获之于钱牧斋，来源为一。其次，对校冯班抄本和冯舒校本，两本除偶然抄写错误之处外，行款、内容大体相同。此是二本来源为一的最有力凭证。最后，冯班和冯舒均称冯班抄本和谢行甫抄本均以钱功甫抄本为正，确然知其错

---

① 陈先行、石菲：《明清稿抄校本鉴定》，上海古籍出版社，2009，第89~99页。

者亦照录不改，以存其旧。从两本的实际情况来看，确实如此。如卷二《征圣》篇两本均作"以立辞为功"，冯舒校云"立当作文"；两本皆作"妙极机神"，冯舒校云"'机'当作'几'"；两本在"必征于圣"和"必宗于经"之间空四字，冯舒校补云"各本俱缺四字，杨增'稚圭劝学'"；两本皆作"虽欲此言圣弗可"，冯舒校云"'此言'当作'訾'"。

综之，冯班抄本《文心雕龙》乃冯班亲笔手书，并非别人伪造。且此书笔墨精良，朱笔校订历历可见，堪称精品。

三 二冯抄校本《文心雕龙》的价值

现在我们能看到的《文心雕龙》最早的版本为上海图书馆藏，元至正十五年（1355）刊本。此本错简较多，如《隐秀》篇，自"而澜表方圆"句后接"风动秋草"，中间脱四百余字；《序志》篇在"则尝夜梦执丹漆之礼器"下接"观澜而索源"，中间脱三百二十二字。明代凡经几刻，《隐秀》一篇均缺文。如国家图书馆藏，明弘治十七年冯允中刻活字本、北京大学藏嘉靖十九年（1540）汪一元私淑轩刻本之《隐秀》篇和《序志》篇缺文和元至正刻本同；北京图书馆藏嘉靖二十二年（1543）佘海刻本之《隐秀》篇亦缺，《序志》篇为补录。

可见《隐秀》一篇，明初即已缺失，明初诸家所刻之本均阙如。后钱功甫偶得宋本，据宋本补录之缺文。梅庆生注本亦据钱功甫所藏宋本补充缺文，天启二年（1622）曹批梅庆生第六次校定本之朱郁仪跋，曰："《隐秀》中脱数百字，旁求不得，梅子庚既以注而梓之。万历乙卯（1615）夏，海虞许子洽于钱功甫万卷楼检得宋刻，适存此篇，喜而录之。

来过南州，出以示余，遂成完璧。因写寄子庚补梓焉。子洽名重熙，博奥士也。原本尚缺十三字，世必再有别本可续补者。"此本现存天津图书馆。后钱功甫写本为钱谦益所得，冯班于天启四年（1624）抄录钱功甫本《文心雕龙》十卷，除个别字缺失，大体补完《隐秀》缺文，并据《太平御览》校；冯舒于天启七年（1627）请谢恒抄录钱功甫抄本，并据《太平御览》、谢耳伯本校定，亦补《隐秀》缺文。

从三本的跋语来看，三本《隐秀》缺文来源为一，均出自钱功甫抄本。再考《隐秀》一文，梅本和冯舒校本、冯班抄本，除个别字略有不同外，大体相同。则三本之《隐秀》之缺文，均出之钱功甫抄本当无疑问。不过，三本之中，梅本只有《隐秀》缺文来自钱功甫抄本，冯舒校本和冯班抄本均直接来自钱功甫抄本。所以二冯抄校本《文心雕龙》无疑是考察钱功甫抄本面目的最好版本，进一步说，两本亦为我们考察《文心雕龙》宋本原貌提供了线索。

然而历来关于二冯抄校本的价值，诸家论定相异。

《铁琴铜剑楼藏书目录》云："是书《隐秀》一篇，元至正乙未刻于嘉禾者已缺，以后诸刻仍之。自钱功甫从阮华山得宋本补足，方有完书。功甫本藏绛云楼，冯巳苍假以传录，上方朱笔校字，一仍功甫之旧。"[①] 黄丕烈云："冯巳苍手校本，藏同郡周香岩家。岁戊辰春，余校元刻毕，借此核之。冯本谓出于钱牧斋，牧斋出于功甫，则其抄必有自来矣。惜朱校纷如，即功甫面目已不能见。况功甫虽照宋椠增《隐秀》一篇，而通篇与宋椠是一是二，更难分别。古书不得原本，

---

① （清）瞿镛编纂，（清）瞿果行标点《铁琴铜剑楼藏书目录》卷二十四，上海古籍出版社，2000，第681页。

最未可信。《雕龙》其坐此累欤!"①

从冯舒校本的校录情况来看,校改抄录时的错误,多直接在原字上涂改。如《明诗》篇,冯舒校本抄作"则明于图谶","明"字上朱笔校改为"萌"字;《乐府》篇冯舒校本抄作"于是武德兴岁","岁"字上朱笔涂改为"乎"字。遇与他本不同,字少者书于行间,如《诠赋》冯舒校本抄作"极貌以穷文",冯舒朱笔书"极"字旁一"声"字;《颂赞》篇冯舒校本抄作"促而不旷",冯舒朱笔书"旷"字旁"《御》'广'";……字多者书于页眉,如《乐府》篇冯舒校本抄作"观其兆上",冯舒朱笔校于页眉,曰"'兆'谢本作'北'";《诠赋》篇冯舒校本抄作"王扬骋其势翱翔",冯舒朱笔校于页眉,曰"翔,曹学佺云,应作朔";冯舒校本抄作"遂客至以首引",冯舒朱校于页眉,曰"依《御览》改,遂客至览客主";……并未更改钱功甫抄本面目。

况冯班抄本与冯舒校本同出一源,除个别字由于抄录时的疏漏而略有不同外,大体皆同。二冯之校语,也基本相同。如《乐府》篇,两本均抄作"殷氂思于西河"冯班朱校云"'牦'谢作'整'",冯舒朱校云"'牦'谢本作'整'";《诠赋》篇,两本均抄作"招宇于楚辞也",冯班朱校云"'招'谢作'拓'",冯舒朱校云"'招宇'谢本作'拓字'";《颂赞》篇两本均抄作"史班固书托赞褒贬",冯班朱校云"史班书记以",冯舒朱校云"《御》作'史班书记以'";……如从冯舒校本无法探寻钱功甫校宋本之面目,则冯舒校本与冯班抄本互见,即为易见易知。钱功甫本在钱谦

---

① 转引自詹锳《文心雕龙义证》,上海古籍出版社,1989,第26页。

益之后即已失传，而冯舒校本和冯班抄本均以钱本为底本，成为探寻钱功甫本乃至《文心雕龙》宋本的重要依据，其价值自不待言。虽然何焯曾指责冯舒，曰："'谢耳伯尝借功甫本于牧斋宗伯，宗伯仍秘《隐秀》一篇；巳苍以天启丁卯从宗伯借得，因乞友人谢行甫录之。其《隐秀》一篇，恐遂多传于世，聊自录之。'则两公之用心，颇近于隘，后之君子，不可不以为戒。若余兄弟者，盖惟恐此篇传之不广，或致湮没也。"①

然《隐秀》一文，除梅本外幸得二冯抄录，才得以保存，私心或有之，然抄录之功亦不可泯灭。况二冯对抄本均做了精心的校勘，其文献价值自不待言，二冯于刘氏乃有功之臣也。

---

① 沈岩临何焯批校本《文心雕龙》之何焯跋语，南京图书馆藏。

关于《中州集》评点的归属问题

据《中国古籍善本书目》的著录，现存著录有何焯、冯舒、冯班评点的本子共有六种，如下。

1. 《中州集》十卷、《中州乐府》一卷，明末毛氏汲古阁刻本，佚名录冯舒批校，复旦大学藏。

2. 《中州集》十卷、《中州乐府》一卷，明末毛氏汲古阁刻本，佚名录冯班批校，上海图书馆藏。

3. 《中州集》十卷、《中州乐府》一卷，明末毛氏汲古阁刻本，章钰校跋并录冯舒、冯班批校并跋，清何焯批校，国家图书馆藏。

4. 《中州集》十卷、《中州乐府》一卷，明末毛氏汲古阁刻本，何焯批校并跋，傅增湘跋，中国社会科学院文学所藏。

5. 《中州集》十卷、《中州乐府》一卷，明末毛氏汲古阁刻本，佚名录何焯批校并跋，国家图书馆藏。

6. 《中州集》十卷、《中州乐府》一卷，清抄本，清袁廷梼跋并录清何焯校跋，清丁丙跋，南京图书馆藏。

仔细查看几本之评点，笔者发现了一个问题，除国家图书馆藏佚名过录何焯批校本和南京图书馆藏本仅有何焯校语和跋语外，其余各本或署名何焯，或署名冯舒、冯班的评点大体相同，这就出现了相同之评语署名不同之问题，而且几段跋语亦出现此种情况。那么这就不由引发我们的好奇，这几本《中州集》之评点和跋语到底是出于何焯之手还是冯舒、冯班之手呢？

一 题跋的归属

国家图书馆藏，佚名过录何焯评本，卷首题识曰：

> 毛氏此刻本时所见止严氏重刊之本，其行款俱不古。斧季丈曾从都下得蒙古宪定五年刊本，为东海司寇公豪夺。以在汲古阁止有壬、癸及闰集三卷耳。辛巳三月，余偶从高阳许氏见甲、乙二卷，因略记其行款于书颜。蒙古至世祖始以中统纪元，乙卯则在宋宝祐二年，当金以后之二十三年，又二十五年而宋亡。时北方新出水火，故开雕亦无良匠云。

此本未署名题者何人，中国社会科学院藏本署名"焯"，国家图书馆章钰过录本、上海图书馆本和复旦大学本均署名为"冯班"。上海图书馆和复旦大学藏本卷首并增"首尾叙述具得遗山苦心，文亦雅健"诸字。

卷七末有三篇跋语，曰：

> 辛集目下题曰"别起"，盖当年以诗名家、派别粗著者，见于所录矣。集凡十册，而限以庚者，《月令》三秋

则"其日庚辛,行白道而为金。金,完颜建国之号也。万物敛更于庚,悉新于辛,"八卦"震之,纳甲为庚,帝出于震,以天兴之亡者,敛更之中,而望其后为悉新也。编集以癸巳五行,金生于巳也,引端以十月十日,于卦为坤,又金之母也。惓惓故国,庾词致意四百余年,读者犹可以意逆也。丁丑又三月立夏后六日,庐江何焯记。

卷首云乙卯新刊,亦取"后天帝出乎震"之意。焯又记。

余既为此说,学徒或难曰:"虽遗山之善,隐无所遁于夫子之善,信然。则有元之初,北方文物方盛,元子独不畏有知之者乎?"余曰:"惓怀故主者,秉彝之性便同也。设有知之者,其肯复加罪于元子乎?抑亦有可以自解焉者。"有问:"别起云何者?"曰:"吾尝观《文选》之撰,后诗传矣。自十九卷之中题曰'诗甲',自此递而记之。至二十九卷'杂拟以下'数穷于庚。吾窃比焉,则又非无前例,而诗之善谲也。"学徒唯唯,因并记其语。壬午七夕书。

此三段跋语,中国社会科学院藏本署名亦为何焯,上海图书馆和复旦大学藏本署名均为冯班。第一段跋语,上海图书馆和复旦大学藏本,无"目下"二字;无"丁丑又三月立夏后六日"十字;"庐江何焯"作"冯班"。第三段跋语,"虽遗山之善",复旦大学本作"虽遗山之义";"设有知之者",上海图书馆本作"设有知之者矣";"抑亦有可以自解焉者",上海图书馆本和复旦大学本作"抑亦可以自解焉"。虽个别字稍有不同,然大义不违,那么或署名为何焯,或署

名为冯班的三段跋语，到底出于何人之手呢？现在就来分析
一下卷首题识和卷七末三段跋语之归属问题。

首先，从时间上而言，有两种可能：第一种，丁丑为明
崇祯十年（1637），壬午为崇祯十五年（1642），时年何焯尚
未出生，而冯班分别为三十六岁和四十一岁；第二种，丁丑
为清康熙三十六年（1697），壬午为清康熙四十一年
（1702），冯班已卒多年，何焯时年分别为三十七岁和四十二
岁。① 两种亦都可通，然卷十李汾《下第》诗，批语有云：
"余近年正三十七岁矣。"如丁丑为康熙三十六年，何焯正好
三十七岁；如丁丑为明崇祯十年（1637），冯班三十六岁。

其次，虽题识并未著录书写时间，然如此段题识与后三
段跋语同出一人之手，可从后三段跋语大致推知，题识初写
时间当为丁丑至壬午之间。如此为冯班所作，当书于崇祯十
年（1637）至十五年（1642）之间，而毛扆生于崇祯十三年
（1640），冯班校点《中州集》时，毛扆可能尚未出生，或者
年纪尚幼，还不可能藏书，那么冯班何以得知毛扆所藏元刊
本呢？但如为何焯之语，时间为康熙三十六年（1697）至四
十一年（1702）间，毛扆为五十八岁至六十三岁之间，时值
晚年，曾拥有元刻本并为徐乾学所夺之可能性尚存。退而言
之，即便题识与跋语非一人所作，然题识称毛扆为"斧季
丈"，而"丈"为对成年或老年男子之尊称。冯班与毛扆之
父毛晋交好，毛扆为冯班子侄辈，以"丈"尊称之似乎太过。
而何焯晚于毛扆多年，尊称毛扆于礼正合。所以题识不可能

① 据何焯门人吴江沈彤所作《翰林院编修侍读学士义门何先生行状》可知，何焯
卒于康熙六十一年壬寅（1722）六月初九，年六十二岁。可推知何焯生于顺治
十八年辛丑（1661），康熙丁丑时三十七岁，康熙壬午时四十二岁。

为冯班所作，只能出于何焯之手。

最后，中国社会科学院藏本卷末有傅增湘跋语，曰：

> 第八卷特标"别起"二字，义门推测其旨，谓"此后专记人物，而不专以诗。其必起于辛集者，以《月令》三秋则其日庚辛，行白道而为金。金，完颜氏建国之号也。万物敛更于庚，悉新于辛，以天兴之亡，当敛更之中，而望其复为悉新。惓惓故国，廋词致意，以意逆志"。可云读书得间矣。

傅增湘所引何焯之语，正是前文三段跋语中第一段的部分内容，可知傅增湘认为第一段跋语为何焯所作。傅增湘的跋语亦收入《藏园群书题记》卷第十九，题为《何义门评校中州集跋》①，可知不惟第一段跋语且题记和后面的两段跋语及文中评点，傅增湘皆认为为何焯所作。笔者将中国社会科学院藏本与何焯评点的其他本子相互比对，从笔迹上判定乃何焯手书，非别人转录之本，且卷首有"何焯之印"朱色印识，可以初步判定中国社会科学院藏本为何焯亲自校评之本，在现存诸本之中可信度最高。

综之，卷首题记和卷七末三段跋语，绝非冯班所为，乃何焯所书，只是不知何以在流传过程中署名变更。

二　评点的归属

当然不惟题跋出现署名不同之问题，卷中评点亦随之变

---

① 傅增湘：《藏园群书题记》，上海古籍出版社，2008，第 966 页。

更归属。而现存诸本中，除中国社会科学院藏本外，其余各本之评校均为后人转录，除章钰过录之本，皆不见转录之人只言片语，所以何以会中间引出诸多差错，无从考知。不过从章钰跋语可知，此种归属错误由来已久。跋语曰：

> 此书为常熟二冯先生阅本，后又为吾长洲何义门先生阅本。何以明之序首，眉间出冯班姓名，序末又有默庵书于空居阁一行。默庵，巳苍别号也。又癸未为崇祯十六年，巳苍既记阅过，而末卷又题"崇祯十五年冬尽读完"，则此行必出于定远，此二冯同阅之稿证。七卷二十页"似为语古小斋道者"一条语，古属义门，显然可见。卷三二十页有"北方皆然，不独塞垣"云云，四十六页"癸酉冬与学徒寓燕山大定精舍。丁丑客授襄邑"云云，卷二六十五页"今八旗亦以生口为恒产"云云。二冯生平似未北游，家世素封，未必授徒。远道生口云云，又似熟于北地情形口吻，此等识语似属诸义门，情事较合。至卷中评骘有同一诗而一褒一贬绝不相谋者，若出一手笔绝无此理。窃谓此必另有流传真本，仿贾模写贸利，不加识别，遂纰缪至此。字迹错误尤触处皆是，随手改正，知必与原本不合，且引据各书，亦有须检原书校补者，卤莽灭裂，所谓楚则失之而齐亦未为得也。从群碧楼假得点笔既竟撮记大要。壬子五月中旬。①

可知，章钰亦未得见二冯评本和何焯评本，只是对卷中

---

① 章钰：《四当斋集》，文海出版社，1986，第81页。

评点和跋语归属问题有疑义，然亦无实据可考，故猜测为书贾贸利所模写。

首先，章钰不明白为何序首署名冯班，而序末又署名冯舒。考上海图书馆藏本和复旦大学藏本过录之评语，虽皆用朱笔书写，然字体微有不同，其中用方正楷体书写者，乃为冯舒评语，并有冯舒跋语，曰："崇祯癸未阅一过，大抵有诗致，亦有诗情，恨无自造之句，幽眇之思耳。但可把玩，不甚咀嚼。知者当会我言。孟春之二十五日灯下，默庵氏书于空居阁。"中国社会科学院藏本何焯用墨笔抄录冯舒跋语，内容微有不同，曰："有诗致，亦有诗情，恨无自造之句，幽眇之思耳。但可把玩，不甚咀嚼。知者当会我言。"然三本同时验证一点，即冯舒曾校阅过《中州集》，并有评语和跋语存世。这就可解释章钰关于序首为冯班姓名而卷末又署默庵之疑问。卷首署冯班之名，乃为转录题跋时误将何焯署名为冯班，卷末署冯舒之名，乃为冯舒确有评本传世。于此我们不妨大胆假设一下，是否过录之底本卷首即署名为何焯，而卷末署名为冯舒。因二冯兄弟经常一起评校书籍，故过录者将何焯误认为冯班，而后人不知，故延续此错误至今。

其次，针对本书第46页第三段跋语有"学徒""北方文物"之语，卷三又有"癸酉冬与学徒寓燕山大定精舍。丁丑客授襄邑，复读至此，为之笑不能止"云云。章钰断称卷中评语与何焯更合的原因有二：一是，冯班生平并未北游，然冯班《钝吟杂录》卷十有"自鼎革以来，余游北方"之语，所以此点不成立；二是，冯班未必授徒。考冯班生平、著述，并无授徒之记载，然钱良择自曰："予年未舞象，携诗谒定远，极为所许，亲聆指授，苦吟二十余年，始能尽弃其学。

九原可作，定远当不以予为异趋也。"① 王应奎《海虞诗苑》卷九称陈协为"学钝吟而入其室者"，卷五称严熊"与钝吟交，服习其议论，而能变化以出之，斯为善学冯氏矣"②。《重修常昭合志》卷二十曰："陈玉齐字在之，诗品书法并经冯班指授，班深器之。"冯武《哭在兹》诗序亦曰："君姓陈，名玉齐。在兹，其字也。少从先伯钝吟公游。"严熊《冯定远先生挽词》之六又称："钵袋亲承陈（玉齐）与严（熊）。"③ 从钱良择、王应奎、冯武、严熊等人的说法及地方志的记载来看，钱良择、陈协、陈玉齐、严熊等人曾游于冯班门下，并有所得，所以此点亦不成立。综之，章钰质疑《中州集》评点为何焯所书而非冯班所作的两点立据实是站不住脚的。

所以，我们要想弄清卷中评点的归属问题，就必须找到新的论据。陈先行先生在《明清稿抄校本鉴定》一书中指出，鉴定批校本可以依据字体、印章、避讳字、题跋和文字内容的考订等。④

首先，从字体和印章而言，前文已作辨析，并指出中国社会科学院藏本为何焯手书之笔。此本另有何焯跋语一则，曰："戊寅正月，以墨笔对校冯默庵阅本，五日而毕。十七日雨窗，焯识。"可知，何焯所见冯舒阅本并无冯班评点，非冯班阅本，而且何焯亦未得见冯班校评本。以何焯对二冯之推崇，苟其得见冯班阅本，绝无视而不见之理。所以卷中朱笔

---

① （清）冯班：《钝吟老人遗稿》，钱良择评本，常熟图书馆藏。
② （清）王应奎：《海虞诗苑》，中国国家图书馆藏。
③ （清）严熊：《白云集》，清刻本，常熟图书馆藏。
④ 陈先行、石菲：《明清稿抄校本鉴定》，上海古籍出版社，2009，第89~99页。

书写者皆为何焯之语，墨笔书写者为何焯过录冯舒评点，而其余诸本皆为过录之本，故中国社会科学院藏何焯评点本可信度最高。上海图书馆藏本和复旦大学藏本卷中冯舒评语与中国社会科学院藏本何焯墨笔过录之评语，大体相同，可见冯舒评点《中州集》之概况。又诸本过录之冯班评语皆可与中国社会科学院藏何焯校评本相互印证，可知不惟题记和跋语，并卷中评语悉出于何焯之手，未有出于冯班者。

其次，从题跋而言，前文已经证明各本之题跋署名为冯班者，实属何焯。

最后，从文字内容而言，《中州集》之评点"点校并行，或凭旧刻，或以意改，评鉴之语，弥满上下，去取之旨，加以点抹，朱墨之笔，至于再三，可云精审矣。且评校之外，凡当时人物、时事、年月、地理，随时加意考订，以发明诗旨"[1]。考冯班和冯舒曾评点《才调集》和《瀛奎律髓》，两书之评语主要关于诗法和诗体者，中间虽不乏知人论世之语，然无关诗法者甚少。此集之冯舒评语与《才调集》《瀛奎律髓》之评点情况相同，主要为"新警""清便婉转""闲雅""妥适""刻画""粘皮带骨"等关于诗句鉴赏之语，和"主意""反结""落句妙"等关于诗体结构者，不出起承转合之法。而诸本《中州集》之评点，注重对典故之注解，并引据《金史》之关于集中人物记载，非二冯兄弟常用之手法。

要之，现存之冯舒评语归冯舒所有，而署归冯班者，实属义门，冯班可能并未评校过此书，或是冯班评本早已失传。

---

[1] 何焯校评《中州集》，傅增湘跋语，明毛氏汲古阁刊本，中国社会科学院文学所藏。

二冯校本《才调集》考略*

　　《才调集》十卷，蜀韦縠编，"纂诸家歌诗，总一千首。每一百首成卷，分之为十目"，不论作者世次、声名，兼收初、盛、中、晚唐各家，且每卷收选人数不等。据垂云堂本目录所载，收入有姓名者193人，无名氏2人，共计195人。其中重出者为16人，实际收选179人。在现存唐人选唐诗各本中，数量最多。从《直斋书录解题》《崇文总目》等诸家书目著录情况和诗话中的称引情况来看，《才调集》在宋代就流传很广。南宋临安府陈宅经籍铺刻本（卷一并卷六至卷十皆补配清抄本），至今犹存，藏于上海图书馆。明清之际，更是掀起一股校勘、评点的热潮，其中最为突出且影响最广的当属冯舒、冯班兄弟。

　　据《中国古籍善本书目》和各大图书馆藏目录，与二冯有关的版本主要有四种。

---

*　关于《才调集》的版本，傅璇琮、龚祖培《〈才调集〉考》（《唐代文学研究》，广西师范大学出版社，1994，第161~165页）和刘浏《〈才调集〉研究》（对外经济贸易出版社，2008）第一章"《才调集》编者及版本研究"均有详细的论述，对本文的编写启发很大，在此表示感谢。

1. 明刻递修本，佚名录徐玄佐，冯班、陆贻典批，辽宁省图书馆藏。

2. 明刻本，佚名录冯舒、冯班批点，湖北省图书馆藏。

3. 明刻本，怀古堂藏板，录有冯舒跋文一则，国家图书馆藏。

4. 清康熙四十三年，汪氏垂云堂刻本，国家图书馆、上海图书馆、南京图书馆等各大馆均有藏，并收入《四库全书存目丛书》。

四本之中，怀古堂藏本仅录冯舒跋语一则，归属存疑；辽宁省图书馆藏本和湖北省图书馆藏本之评点均为过录；垂云堂本经冯舒、冯班从子冯武审阅辑刻，较为可靠，而且此本诗集前录韦縠《才调集》原叙和冯武《二冯先生评阅才调集·凡例》，集后录徐玄佐、冯舒、冯班、陆贻典、钱龙惕、钱谦益、汪文珍跋语七则，详细说明了《才调集》的刊刻、传阅、抄录、残缺、增补、重录等流传情况，价值最高。故本文主要依据垂云堂本，并参考其他三本略述怀古堂藏本跋语的归属问题和冯舒评本、冯班校补本的参校本以及垂云堂刻本的底本问题。

一　国家图书馆藏怀古堂藏本之跋语的归属问题

国家图书馆藏，明天启四年刻，怀古堂藏板《才调集》，半页八行，每行十八字，白口，无鱼尾，左右双栏。书名页有跋语一则，云："《才调集》向少刻本，万历间邑中沈氏始付之梓，惜为俗子所窜，伪谬实甚。今取沈氏原刻，一仍宋本，并集状元徐玄佐抄本校正，凡汰去讹字二千二百余字，重经新刻者三十二板，此本庶为完书矣，识者拜上。"

书名页后有冯舒跋语一篇，云：

> 《律髓》之诗，大历以后之法也，大略有是题则有是诗。起伏照应，不差毫发，清紧葱倩，峭而有骨者，大历也。加以骀荡，姿媚于骨，体势微阔者，元和长庆也。俪事栉句，如锦江濯彩，庆云丽霄者，开成以后也。清惨入骨，哀思动魄，令人不乐者，广明龙纪也。代各不同，文章体法则一。大历以前，则如元气之化生，赋物成形而已。今人初不识文章之法，谓诗可作八句读，或一首取一句，或一句取一二字，互相神眶，岂不可哀。曾读《律髓》，以此法读之，今纯以此法读此诗，信笔书此。且诗之为物，无不可解，《关雎》《鹿鸣》首尾通畅，只因误解“秦时明月”四字，遂生多少梦寐，学诗者不可不破此关，不可以自落此鬼蜮。丁亥（清顺治四年，1647）六月廿二日孱守老人识。

此篇跋语垂云堂本署名为“钝吟老人”，垂云堂本底本为冯班校阅本，此本乃为过录本，则垂云堂本更可靠。纪昀《删正二冯评阅才调集》亦署名为“钝吟老人”，而且与《才调集》冯班的评点更合，所以此段跋语当为冯班所作。

二　冯舒校本和冯班校补本的参校本

国家图书馆藏，康熙四十三年汪氏垂云堂刻本，卷末冯舒跋语，曰：

> 万历三十五年（1607）借得研北翁孙氏本，即沈氏

所刻之原本也。沈本为俗子所窜，讹处不可胜乙，崇祯壬申（1632）严文靖曾孙翼馆于余家，携宋本至，前五卷为临安陈谢元宗之家刻，后五卷为徐玄佐录本，始为是正，又从钱宗伯假得焦状元本，亦从陈书抚写，与孙本不殊。焦本尽改"娇娆"为"妖娆"，可当一笑，今悉正之。乙亥（明崇祯八年，1635）夏屏守居士记。①

冯舒于万历三十五年（1607）借得孙研北抄本，崇祯壬申（1632）借宋本前五卷和徐玄佐本后五卷，并从钱谦益处借得焦竑写本，校正了沈春泽本，时为明崇祯八年乙亥（1635）。也就是说，冯舒校本以沈本为底本，参校了孙研北抄本、徐玄佐本和焦竑抄本。

冯班跋曰：

崇祯壬申（1632）假别本于宗伯钱公，盖华亭徐氏旧物也。卷末有跋语，云"失后五卷，借抄本于钱伏正氏写补之"。戊寅，洞庭叶君奕示余抄本，首尾缺损，聊为装之，线缝中有题记云"万历丙戌钱伏正重装"，始知即徐氏所借也。中脱一叶，徐亦仍之。是岁十月，得赵清常录本为补完。冯班记。

是岁冬，江右朱文进中尉寓吴，有宋本，介郡人邵生借之，不可得，携本就勘，颇草草。朱本亦残缺，却有第九、第十卷，唯第八卷全失。而叶本第六卷独完好，惜第七卷"薛逢"以下不复存，参以抄本始具。命之重

---

① 本文所引跋语未注明出处者，皆出自《二冯先生评阅才调集》，清康熙四十三年垂云堂刻本，不赘。

写，因记。冯班。

冯班于崇祯壬申（1632）从钱谦益处借得徐玄佐抄本，戊寅（1638）从叶奕处得钱复正（又作钱复真、钱伏正）重装残宋抄本，此本中间脱失一页，徐本此页亦脱，遂于十月据赵清常抄本（存后四卷）补录。同年冬冯班又借得朱文进藏宋刻残本，虽缺第八卷，然有第九、第十卷。冯班遂据钱重装本、赵清常抄本、朱藏宋刻残本校补完徐玄佐本，并命人重新书写。

那么二冯参校的这几个本子之间是什么关系呢？钱龙惕跋曰：

> 右沈氏所刻《才调集》，原本不甚伪，为不知书人铲改，殆不可读，今为改定千余字，重梓者廿余叶，皆以临安陈本为正。凡得别本六：徐本得前五卷，叶本得第九卷，朱本得第九、第十卷，焦状元、钱复正、孙研北三抄本皆完具无缺，第八卷未有宋版，取以补之抄本，行墨如一，皆出于临安，又赵清常本仅后四卷，不知所自，亦旧物。

徐文敏本前五卷，朱藏宋刻本第九、十卷，焦竑抄本，钱复正抄本，孙研北抄本以及赵清常本（残存后四卷）皆源自宋临安府书棚本。

再看徐玄佐刻本的底本情况，徐玄佐跋，曰：

> 先君文敏公素有此书，盖宋刻佳本，惜分授之时，

匆忙失简，逸去其半。后逾三十年，幸交符君望云，获闻其亲钱复正氏有抄本家藏，因而假归，特嘱知旧马公佐照其款制，摹以配之，共计一百有六幅，凡二千七十三行，装池甫毕，展卷焕然，顿还旧观矣。

则徐玄佐刻本以徐文敏家藏宋刻本补配钱复正抄本，而钱复正抄本出自宋临安府书棚本。我们先把徐本底本搞清楚了再来看沈春泽刻本的底本。陆贻典跋曰：

> 沈刻原本系邑人研北孙翁家藏，沈与善，因假此，并《弘秀集》合梓之。按二书俱本临安刻版。

沈刻本原本即孙研北抄本，而孙抄本直接来源于宋临安府书棚本。

通过钱龙惕、徐玄佐、陆贻典三人的跋语，我们已经大致理清了《才调集》的版本源流。第一，徐文敏本、钱复正抄本、焦竑抄本、孙研北抄本、赵清常抄本、朱藏宋刻残本皆出自宋临安府书棚本，则《才调集》的版本源头为一，即宋刻书棚本。第二，诸本之中，焦竑抄本、孙研北抄本为完本，其余各本皆残缺不全。钱复正抄本缺一页，徐文敏家藏宋刻本仅存前五卷，朱藏宋刻本残存后两卷，赵清常抄本残存后四。第三，明嘉靖中书棚本缺失，仅存前五卷，徐玄佐据钱复正抄本补完后五卷，于万历十二年（1584）刊刻，并钱本缺失一页。第四，沈春泽刻本以孙研北本为底本。

是以，冯舒参以校定沈春泽刻本的诸本中，孙研北抄本和焦竑抄本直接来自宋刻书棚本，徐玄佐本前五卷为残宋刻书棚本，后五卷据钱复正抄本补入。冯班所见诸本中，钱复正抄本、赵清常抄本、朱文进藏残宋本均源于宋刻书棚本。徐玄佐本前五卷来自书棚本，后五卷来自钱复正抄本。徐本与钱抄本皆缺一页，钱本并第七卷"薛逢"以下均缺；赵抄本仅存后四卷；朱藏本缺第八卷。于是冯班据赵抄本补入钱抄本和徐玄佐本中间均脱佚的一页，又据朱藏宋刻残本（卷九、卷十）和赵清常抄本补完钱抄本缺失的后四卷（第八卷，朱藏本缺），补完后又命人依据旧式重为书写。

虽然二人校勘之底本和参校本有所不同，但二人尽可能参校所能亲见之本，且诸本皆出自宋刻书棚本，来源为一，所以冯舒校本和冯班校补本在后出诸本之中价值最高。傅增湘先生曾曰：

> 同时海虞冯巳苍及定远，笃嗜此集，与叶石君（树廉）、陆敕先（贻典）诸人寻求旧本，匡谬正伪，俾臻完善。康熙甲申，新安汪文珍访诸后人，获其遗迹，为之授梓，并刊二冯评点，以示学诗之指的。记其先后访得者，华亭徐文敏家、江右朱文敬中尉家宋刊残本，钱复真（又作伏正、复正）、焦弱侯、赵清常、孙研北四家抄本，改正沈刻至千余字，其所据依，皆出临安陈氏书籍铺本也。①

现冯舒校本和冯班校补本无缘得见，故只能从版本源流之角度，大致窥探二本之善，甚为可惜。

---

① 傅增湘：《藏园群书题记》，上海古籍出版社，2008，第945~946页。

三　垂云堂刻本之底本

所幸国家图书馆、上海图书馆、南京图书馆等均藏有康熙四十三年新安汪文珍垂云堂刻本《才调集》。汪文珍叙述刊刻始末，曰：

> 近日诸家尚韦縠《才调集》，争购海虞二冯先生阅本，为学者指南车，转相摹写，往往以不得致为憾。甲申春，余获交钝吟次君服之冯丈，始知汲古阁毛氏所藏，钝吟手阅定本，默庵评阅附载其中。丹黄甲乙，各有原委，其从子简缘先生实能道其所以然。因托友人假汲古阁所藏，并影写宋刻，取沈刻暨钱校本，重加校雠，而乞例言于简缘，遂谋登梓。

可知，垂云堂本以汲古阁所藏附有冯舒评语的钝吟手阅订本为底本，并影写宋刻，参校钱允治校本。

傅璇琮、龚祖培两位先生称垂云堂本以"有二冯批校语之本（可能就是冯舒校正的沈本）为底本，以影宋本、钱校沈本参校新刻一本，是一个精校本"[1]。顾玉文云："在现在常见的几个版本中，垂云堂本广参汲古阁本及二冯手阅定本及其他各本，其文字最优。"[2] 刘浏先生以白居易《代书一百韵寄微之》为例，列表对勘《四部丛刊》本、垂云堂本、汲古阁本和文学古籍刊行社 1955 年影印南宋绍兴本《白氏文

---

[1]　傅璇琮、龚祖培：《〈才调集〉考》，见《唐代文学研究》，广西师范大学出版社，1994，第 163 页。

[2]　顾玉文：《韦縠〈才调集〉研究》，南京师范大学硕士学位论文，2004。

集》，得出结果为："垂云堂本是在忠实于《才调集》原本的
基础上，对文字明显错讹处作了改动；而汲古阁本则依据传
世白集对《才调集》原文作了相当多的改动，而类似改动，
非止白居易一家，余皆如此，可见汲古阁本已经背离了《才
调集》的原貌。因此，垂云堂本在《才调集》历代诸本中当
为最接近宋本原貌的本子。"① 这些都不同程度地肯定了垂云
堂本的文献价值。

然对于垂云堂本的底本，大家却持不同意见：傅璇琮和
龚祖培两先生认为，垂云堂之底本即二冯批校之本为冯舒校
沈刻本；刘浏先生则认为"垂云堂本是以汲古阁藏影写宋刊
本（附二冯评阅）为底本"②。笔者试分析两种提法，如下。

首先，前文已经指出冯舒校本是以沈本为底本，参校了
徐本、孙抄本和焦抄本，如垂云堂本以冯舒校本为底本，冯
武就不会有"沈雨若刻本舛错纰缪，不可穷诘，幸钱求赤多
方求购影宋抄本，历三处而得全"③ 之语了。

其次，冯舒校本是校沈刻本；冯班校补本是以钱抄本为
底本，参校徐本，又据赵抄本补录钱抄和徐本俱脱之页，并
据朱藏宋刻残本（第九卷、第十卷）、赵抄本补完后四卷。即
冯舒校本之源为孙抄，冯班校补本之源为钱抄，二者虽都源
出宋刻书棚本，但并非一个系统。

再次，汪文珍言垂云堂本底本为"钝吟手阅定本"，则此
本当为冯班阅本，冯舒评点只是附载其中。至于默庵之评点
是冯舒手书还是别人过录，就不得而知了。

---

① 刘浏：《〈才调集〉研究》，对外经济贸易出版社，2008，第51页。
② 刘浏：《〈才调集〉研究》，对外经济贸易出版社，2008，第48页。
③ 《二冯先生评阅才调集·凡例》，清康熙四十三年垂云堂刻本。

因此，垂云堂本依据的汲古阁藏二冯评本为冯舒校沈本的可能性不大，更可能为冯班校补本。

综之，冯舒校本和冯班校补本参校了当时所能见的各种源自宋本之抄本，在《才调集》校本中价值最高，惜版本之缺失，我们无法知晓二本之差别，亦无法考证二本如何精善。幸垂云堂刻本吸收了冯班校补本的优秀成果，并参校钱允治校本，在现存刻本之中最接近《才调集》原貌。而且二冯的评点刊刻其中，极好地保存了二冯的评点体例和诗学观点，这为我们研究二冯的文学思想以及二冯对《才调集》的传播与接受都提供了极大的便利。

《四库全书总目》明人别集 "钱冠朱戴"考

　　清乾隆三十七年，皇帝以"稽古右文"之名，诏修《四库全书》；乾隆三十九年，清帝下旨编撰《四库全书总目》。《四库全书总目》由于所收书籍众多，内容博涉经、史、子、集各部，又"成于众手，迫之以期限，绳之以考成"①，故涉及每个朝代之人事，除每朝之正史外，四库馆臣会找些相关书籍借鉴参考。《四库全书总目》中所涉明人事，多取自朱彝尊《明诗综》，此说余嘉锡先生《四库提要辨证》已有说明，他说："大抵《提要》叙明人事，多取之朱彝尊，犹之于宋取厉鹗，于元取顾嗣立也。"② 笔者查检《四库全书总目》发现，除《明史》外，涉及明人事，文献引自朱彝尊《明诗综》的颇多。据笔者统计，《四库全书总目》提及《明诗综》处有 75 次，提及《明诗综》所附《静志居诗话》处有 91 次。《四库全书总目》所涉及《明诗综》《静志居诗话》处，多出自《四库全书总目》明人别集。

---

　　① 余嘉锡：《四库提要辨证》序录，中华书局，2007，第 49 页。
　　② 余嘉锡：《四库提要辨证》，中华书局，2007，第 1507 页。

一 《四库全书总目》删改违碍三则

《四库全书总目》中《岘泉集》《兰庭集》《鸣秋集》提要，标注考据来源于朱彝尊《明诗综》《静志居诗话》之语，实则有误，据笔者一一考证，其来源于钱谦益《列朝诗集》，具体考证《四库全书总目》三则提要如下：

其一，《岘泉集》四卷（江西巡抚采进本）。

> 明张宇初撰。宇初字子璿，贵溪人。张道陵四十三世孙。洪武十年袭掌道教。永乐八年卒。《明史·方技传》附见其父《正常传》中，称其建文时尝坐不法，夺印诰。成祖即位，复之。又称其尝道法于长春真人刘渊然，后与渊然不协，互相诋讦。其人品颇不纯粹，然其文章乃斐然可观。其中若《太极释》《先天图论》《河图原辨》《荀子辨》《阴符经》诸篇，皆有合于儒者之言。《问神》一篇，悉本程朱之理，未尝以云师风伯荒怪之说张大其教。以视诵周孔之书，而混淆儒墨之界者，实转为胜之。韩愈《送浮屠文畅序》称，"人有儒名而墨行者，问其名则是，校其行则非；有墨名而儒行者，问其名则非，校其行则是。"然则若宇初者，其言既合于理，宁可以异端之故并斥其文乎！朱彝尊《明诗综》称其集二十卷，诗居其半。王绅为之序。此本皆所作杂文，惟末附歌行数十首。卷首虽载绅序，而二十卷之旧已不复存，盖又掇拾重编之本矣。①

---

① （清）永瑢等：《钦定四库全书总目》（整理本），中华书局，1997，第2287页。

按，朱彝尊《明诗综》卷八十九，有张宇初诗八首，张宇初目下所附《静志居诗话》云："古今诗僧传者不少，黄冠率寥寂无闻，唐惟上官仪、吴筠、曹唐稍能诗。然仪、唐皆不终于黄冠，则不得以黄冠目之矣。惟元时道教特盛，所称丘、刘、谭、马、郝、王、孙七真者，大半有集。迄于至正，如张雨伯雨、马臻志道是皆轶伦之才。明初，仅张宇初、余善二人无戾风雅已尔。余皆卑卑，鲜足当诗人之目。此外，龙虎山人张留绅有诗，见临川胡琰《大明鼓吹》，又黄征君俞部编《明史·艺文志》有佘和叔《同亭诗帨》一卷，武夷道士张蚩蚩《适适吟》一卷，安仁冲虚山道士颜服膺《潜庵咏物诗》六卷，访之未得，附载之。"① 此段文字里面，未有一字与《四库全书总目》"朱彝尊《明诗综》称其集二十卷，诗居其半。王绅为之序"相合。经笔者考查，钱谦益《列朝诗集》闰集第一，有张真人宇初六十二首诗，张宇初小传有："王绅仲缙序其集曰：'公于琅函蕊笈、金科玉诀之文，博览该贯；六经子史百氏之书，大肆其穷索；篇章翰墨，各极精妙。盖江右文宗多吴文正公、虞文靖公之遗绪，而公能充轶之也。'今所传《岘泉文集》二十卷，诗居其半。"② 据此可知，馆臣撰《岘泉集》提要乃引用钱谦益《列朝诗集》诗人小传之语，却注为朱彝尊《明诗综》之名。

其二，《兰庭集》二卷（两淮盐政采进本）。

明谢晋撰。晋字孔昭，吴县人。工画山水，尝自戏为"谢叠山"。其名，《明诗综》作"晋"，而集末《赠

---

① （清）朱彝尊：《明诗综》，中华书局，2007，第 4233~4234 页。
② （清）钱谦益撰，许逸民等点校《列朝诗集》，中华书局，2007，第 6158 页。

盛启东》一首乃自题"葵丘谢缙",又附见沈大本诗一首题作《寄谢缙》。案:《易·象传》称"明出地上,晋"。《杂卦传》称:"晋,昼也"。以其字"孔昭"推之,作"晋"有理,作"缙"无义,本集或传写之误耶?其始末不甚可考。集中有《承天门谢恩值雨》诗,则尝以布衣应征者也。卷首有汝南周传、浚仪张肯二序,肯序称晋诗二百余篇,而此集所存乃不下四五百篇。考张序作于永乐甲申,而集末有"永乐丁酉十月既望之作"。丁酉上距甲申凡十四载,积诗之多,宜过于肯序所云。传序谓"姑苏之诗,莫盛于杨孟载、高季迪,而孔昭得二君之旨趣"。肯序亦谓其得性情之正,而深于学问。然则晋不特以绘事传矣。①

按,朱彝尊《明诗综》卷十九上,有谢缙诗五首,其中谢缙简介曰:"缙字孔昭,吴人。有《兰庭集》。"② 从《明诗综》看,谢葵丘所用名为"缙",《兰庭集》提要所说"其名,《明诗综》作'晋'"所用名为"晋","缙"和"晋"显然是不同的。笔者考查钱谦益《列朝诗集》乙集第七,有谢葵丘晋六首,谢晋诗人小传载:"晋字孔昭,吴县人。号葵丘。"③ 很明显,《四库全书总目》谢晋之名,是出自钱氏《列朝诗集》。关于是"缙"还是"晋",《兰庭集》中有诗《启东医学将还葵丘谢缙为写云阳行图并诗以赠时永乐丁酉岁十月既望也》,所用为"缙"。另黄虞稷《千顷堂书目》卷十

---

① (清)永瑢等:《钦定四库全书总目》(整理本),中华书局,1997,第2294页。
② (清)朱彝尊:《明诗综》,中华书局,2007,第928页。
③ (清)钱谦益撰,许逸民等点校《列朝诗集》,中华书局,2007,第2579页。

八载，有谢缙（字孔昭，吴县人，号葵丘）《兰庭集》一卷，亦是为"缙"。四库馆臣采用何种说法，是"晋"还是"缙"皆可标明所出，然这种引钱家之言，冠朱家之名的做法，则有何原因呢？

其三，《鸣秋集》二卷（两淮盐政采进本）。

> 明赵迪撰。迪字景哲，怀安人，自号"白湖小隐"。朱彝尊《静志居诗话》谓余宪《百家诗》以迪为山人。徐庸《湖海耆英集》载其《元夕应制》诗。徐泰《明风雅》则云："迪，宜阳人，官吏部侍郎。"然《鸣秋集》有景泰五年迪仲子壮《后序》，中云先人值时多故，投老林泉，而同时闽人均有《挽鸣秋山人》诗。则二徐所云自是别一人矣。是集即其仲子壮所编，前载林志序，称其古诗不下魏晋，而诸作则醇乎唐。今考其诗，古体颇为薄弱，志说殊诬。律诗谐畅，差有唐音，然亦晋安一派也。①

按，《鸣秋集》提要中，"余宪"为"俞宪"之误，《明史》《明诗综》《列朝诗集》皆为"俞宪"。朱彝尊《明诗综》卷十九上，有赵迪诗四首，赵迪目下所附《静志居诗话》云："景哲五古学唐人，而得其丰韵。二玄远逊之，不知当日何以不列'十子'之目。牧斋据二徐氏辩景哲非山人，其实不然。福州林孝廉佶，获徐兴公所藏抄本《鸣秋集》，有景泰五年迪仲子壮后序，中云：'先人值时多故，投老林泉。'

---

① （清）永瑢等：《钦定四库全书总目》（整理本），中华书局，1997，第2397~2398页。

而同时闽人郑阁公望、郑关公启、郭廑敬夫,均有挽鸣秋山人诗。则宜阳人、官吏部侍郎、赋《元夕应制诗》者,自是别一人矣。壮,怀安人,中宣德十年乡试,官南海知县。具载《闽省贤书》。"① 此段文字未有一字与《总目》所言"朱彝尊《静志居诗话》谓余宪《百家诗》以迪为山人。徐庸《湖海耆英集》载其《元夕应制》诗。徐泰《明风雅》则云:'迪,宜阳人,官吏部侍郎。'"相合。但《明诗综》赵迪小传后的诸家辑评,有钱受之云:"俞宪《百家诗》以迪为山人;徐庸《湖海耆英集》载迪《元夕应制诗》;徐泰《皇明风雅》云'宜阳人,官吏部侍郎'。未详孰是,然景哲非山人明矣。"② 钱谦益这段评论与四库馆臣所言相符,笔者又进一步查考,钱谦益《列朝诗集》甲集第二十,赵迪小传云:"迪字景哲,闽人。俞宪《百家诗》云:'山人国初与林鸿齐名。'《湖海耆英集》载迪《元夕应制》诗。《皇明风雅》云:'宜阳人。官吏部侍郎。'未详孰是。然景哲非山人明矣。"③

　　从上述引文我们不难得出,钱谦益《列朝诗集》赵迪小传与朱彝尊《明诗综》诸家辑评中所引钱谦益的评论,虽大致相似,但经过了加工。首先,《明诗综》中的钱谦益评论,把《列朝诗集》赵迪诗人小传中"迪字景哲,闽人。俞宪《百家诗》云:'山人国初与林鸿齐名。'"提炼成"俞宪《百家诗》以迪为山人";其次,《明诗综》所引钱谦益评论中,《湖海耆英集》和《明风雅》两集,分别添加了作者徐庸和

① (清)朱彝尊:《明诗综》,中华书局,2007,第930页。
② (清)朱彝尊:《明诗综》,中华书局,2007,第929~930页。
③ (清)钱谦益撰,许逸民等点校《列朝诗集》,中华书局,2007,第2058~2059页。

徐泰的名字。《四库全书总目》中《鸣秋集》提要所谓引自
朱彝尊《静志居诗话》的评论，其实是引自钱谦益的评论，
更确切地说，是引自朱彝尊《明诗综》所辑评论中钱谦益的
评论，但四库馆臣却冠之以朱彝尊《静志居诗话》之名。

《四库全书总目》中《岘泉集》《兰庭集》《鸣秋集》提
要是明目张胆的"钱冠朱戴"，这三则提要错误相同，即都是
引钱家《列朝诗集》之言，冠朱家《明诗综》之名。《列朝
诗集》和《明诗综》都是记录有明一代的诗歌集，《列朝诗
集》诗人小传和《明诗综》所附诸家辑评，《静志居诗话》
对明代诗人的文章、著述、诗歌等多所品评。那为什么四库
馆臣会行如此"钱冠朱戴"之举呢？很明显，这不是馆臣的
失误，而是刻意为之。细考原因，涉及高宗"寓征于禁"的
文化政策，以及在此文化政策指导下，四库馆臣对违碍内容
的删改。

二 "钱冠朱戴"原因考

清修《四库全书》，为了巩固清朝统治，虽名为修书，实
则"寓征于禁"，对许多违碍书籍做了禁毁。四库馆臣在
《四库全书总目》凡例中，有这样的说明：

> 文章德行，在孔门既已分科，两擅厥长，代不一二。
> 今所录者，如龚诩、杨继盛之文集，周宗建、黄道周之
> 经解，则论人而不论其书。耿南仲之说《易》，吴开之评
> 诗，则论书而不论其人。凡兹之类，略示变通，一则表
> 章之公，一则节取之义也。至于姚广孝之《逃虚子集》、
> 严嵩之《钤山堂诗》，虽词华之美足以方轨文坛，而广孝

则助逆兴兵，嵩则怙权蠹国，绳以名义，非止微瑕。凡兹之流，并著其见斥之由，附存其目，用见圣朝彰善瘅恶，悉准千秋之公论焉。①

《四库全书》作为官方修书，四库馆臣对文章著述可取，德行有亏的"有才无行"者，采取仅存其目的处理方法，如严嵩怙宠擅权，事迹入《明史·奸臣传》，但其诗吟咏工整，高出流辈，《四库总目》对严嵩《钤山堂集》，不入别集，仅存其目，以示官方彰善瘅恶之意。对"有才无行"者如此处理，更甚的"有才无德"者呢？钱谦益博学擅诗文，文坛上"四海宗盟五十年"，政治上"领袖两朝"，甲申之乱后，扬州陷落，钱谦益率众开南京城门降清，且降清后，又行复明之举。以封建王朝"忠君"作为标准，钱谦益大节有亏，又著述等身，对此"有才无德"之人，高宗在乾隆四十一年十一月十七的诏谕中，以钱谦益为例，做了专门批示：

前因汇辑《四库全书》，谕各省督抚遍为采访，嗣据陆续送到各种遗书，令总裁等悉心校勘，分别"应刊""应钞"及"存目"三项，以广流传。第其中有明季诸人书集，词意抵触本朝者，自当在销毁之列。节经各督抚呈进，并饬馆臣详细检阅，朕复于进到时亲加披览，觉有不可不为区别甄核者。如钱谦益在明已居大位，又复身事本朝。而金堡、屈大均则又遁迹缁流，均以不能死节，靦颜苟活，乃托名胜国，妄肆狂狺，其人实不足

---

① （清）永瑢等：《钦定四库全书总目》（整理本）卷首三，中华书局，1997，第33页。

齿,其书岂可复存!自应逐细查明,概行毁弃,以励臣节,而正人心。若刘宗周、黄道周立朝守正,风节凛然,其奏议慷慨极言,忠荩溢于简牍。卒之以身殉国,不愧一代完人……又若汇选各家诗文,内有钱谦益、屈大均所作,自当削去。其余原可留存,不必因一二匪人致累及众。①

高宗在诏文中,褒扬以身殉国、忠君爱国、风节凛然的骨鲠之臣,而对两次提及的钱谦益,则认为其作为明朝高官,国亡而不能死节殉国,苟活于世,又复事本朝,如此大节有亏之人,高宗给出了两点处理意见:一是对钱谦益的文章著述一概销毁;二是对于涉及钱谦益的他人文章著述,应削去与钱谦益相关部分,其余可以留存。此诏一出,钱谦益成为清修四库禁毁之第一人,所以《四库全书》不录钱谦益之文章著述,涉及钱谦益的他人文章著述,也进行了大量抽删。如沈德潜《国朝诗别裁集》曾进呈高宗求序,其集内选诗将钱谦益居首,高宗斥钱谦益"身事两朝""有才无行"以其居首,有悖千秋公论,命内廷重精校去留,销毁原板。乾隆四十一年十二月,又专门下旨复查,《国朝诗别裁集》原板是否销毁事宜,此谕原文如下:

前因沈德潜选辑《国朝诗别裁集》进呈求序,朕偶加披阅,集内将身事两朝、有才无行之钱谦益居首,有乖千秋公论,而其中体制错谬及世次前后倒置者亦复不

———————————
① (清)永瑢等:《钦定四库全书总目》(整理本)卷首一,中华书局,1997,第7页。

可枚举，因于御制文内申明其义，并命内廷翰林为之精校去留，俾重锼板以行于世，其原板自一并销毁，但阅时既久，此板曾否销毁或彼时地方官视为无关紧要，不行查毁任听存留，而沈德潜身故后其门下士无识者流又复潜行刷印，则大不可，著传谕杨魁即查明此板现存何处，如未经销毁，即委员将板片解京，并将未经删定之刷印原本一并查明恭缴。①

其严苛程度可见一斑，上有所好，下必甚焉。《四库总目》作为官方修书，馆臣秉持圣意，凡提及钱谦益处，亦概用贬斥之语，如：

> 至钱谦益《列朝诗集》，更颠倒贤奸，彝良泯绝，其贻害人心风俗者，又岂鲜哉！②（《集部总叙》）
>
> 然嘉燧以依附钱谦益得名，本非善类，核其所作，与三人如兼葭倚玉，未可同称。③（《学古绪言》提要）
>
> 与钱谦益为同郡，初亦以其词场宿老，颇与倡酬。既而见其首鼠两端，居心反覆，薄其为人，遂与之绝。所作《元裕之集后》一篇，称"裕之举金进士，历官左司员外郎。及金亡不仕，隐居秀容，诗文无一语指斥者。裕之于元既足践其土，口茹其毛，即无反詈之理，非独免咎，亦谊当然。乃今之讪辞诋语，曾不少避，若欲掩其失身之事，以诳国人者，非徒诪也，其愚亦甚"云云。

---

① 清国史馆编《清实录》，中华书局，1985，第 693 页。
② （清）永瑢等：《钦定四库全书总目》（整理本），中华书局，1997，第 1971 页。
③ （清）永瑢等：《钦定四库全书总目》（整理本），中华书局，1997，第 2334 页。

其言盖隐指谦益辈而发，尤可谓能知大义者矣。① （《愚庵小集》提要）

至钱谦益《列朝诗集》出，以记丑言伪之才，济以党同伐异之见，逞其恩怨，颠倒是非，黑白混淆，无复公论。② （《明诗综》提要）

从以上几条中"颠倒贤奸""彝良泯绝""本非善类""贻害人心风俗""首鼠两端""居心反覆""记丑言伪""党同伐异""逞其恩怨""颠倒是非""黑白混淆"等用词不难看出，《四库全书总目》对钱谦益的人品和文章著述的全面否定。

三 结论

《四库全书总目》是一部集古代目录学之大成的书，其中的内容经常被作为指导性文献资料使用，余嘉锡先生评述《四库全书总目》之功曰："今《四库提要》叙作者之爵里，详典籍之源流，别白是非，旁通曲证，使瑕瑜不掩，淄渑以别，持比向、歆，殆无多让；至于剖析条流，斟酌今古，辨章学术，高挹群言，尤非王尧臣、晁公武等所能望其项背。故曰自《别录》以来，才有此书，非过论也。故衣被天下，沾溉靡穷，嘉道以后，通儒辈出，莫不资其津逮，奉作指南，功既巨矣，用亦弘矣。"③ 但四库馆臣撰写《四库全书总目》

---

① （清）永瑢等：《钦定四库全书总目》（整理本），中华书局，1997，第2345页。
② （清）永瑢等：《钦定四库全书总目》（整理本），中华书局，1997，第2662~2663页。
③ 余嘉锡：《四库提要辨证》序录，中华书局，1980，第48~49页。

过程中，会涉及一些清朝统治者忌讳的文字，馆臣处理这些忌讳文字的不同方式，可以加深我们理解高宗朝的文化政策，也有助于我们更好地使用《四库全书总目》。

总而言之，四库馆臣在《四库全书总目》关于《岘泉集》《兰庭集》《鸣秋集》三则提要中，对征引文献出自钱谦益《列朝诗集》的内容，虽然依然采用，但迫于高宗对钱谦益的禁毁圣谕，将征引出处删改为朱彝尊《明诗综》。《列朝诗集》和《明诗综》同为有明一代诗歌集，《列朝诗集》诗人小传、《明诗综》诗人小传、诸家辑评《静志居诗话》对明代诗人履历、诗歌等多有记载与品评。四库馆臣将征引自钱谦益《列朝诗集》之内容，删改为出自朱彝尊《明诗综》，这样的"钱冠朱戴"式的删改手法隐蔽性很强，若非细致对校文本，一般很难发现。因此，我们在使用《四库全书总目》时，尤其要识别这些忌讳文字的处理方式，以便于更好地使用文献。

文 论 篇

钱谦益与明末清初思潮的转变

明清易代的巨大变革，导致当时整个社会和社会思潮掀起一场对明代的全面反思和颠覆。而经学作为古代学术的基石，必将首导其源，并由此扩展到社会的各个领域。作为一场颇具规模的群体性变革，总有少数有识之士首先发难和推动，以成波澜壮阔之势。而在明末清初的社会思潮与学术思潮的演变过程中，钱谦益正是一个首开风气的人物。他关于经学和诗学的一系列倡导，对明末清初思潮和学术的转变，起了极大的推动作用。

一 经学传统的复归

宋元明三个朝代，理学作为统治阶级的正统思想始终占据学术界的主流。而自明代中期起，阳明心学逐渐兴盛，并超过程朱理学，然而天地之道物极必反。阳明心学在解放思想、破除禁欲主义等方面曾经起过一定的积极作用，但它也为虚无主义和空疏、空谈之风打开了大门，学风愈加空疏。吴晗论述王阳明心学与明七子复古运动结合后之学风，说："谈性理者以'实践'为标榜掩其不读书之陋，谈文学者以

'复古'为号召倡不读汉后书之说，两家相互应合，形成一种浅薄浮泛的学风。即有一二杰出之士，亦复泛涉浅尝，依傍门户，不能自立一说，进一解。蝇袭蛙传，风靡一世。"[1] 学风至此，已然开始受到各方的攻击，即其内部纷争和反动也开始躁动。李恕谷曰："高者谈性天，撰语录；卑者疲精死神于八股。不唯圣道之礼乐兵农不务，即当世之刑名钱谷，亦懵然罔识，而搦管呻吟，遂曰有学。"[2] 顾炎武曰："昔之清谈老庄，今之清谈孔孟。未得其精，而已遗其粗；未究其本，而先辞其末。不习六艺之文，不考百王之典，不综当代之务，举夫子论学论政之大端，一切不问，而曰'一贯'，曰'无言'，以明心见性之空言，代修己治人之实学。"[3] 在内忧外患、贫弱无脊的晚明社会，虚幻的空谈已经不再适应时代的发展和历史的选择，于是众多学者立足于社会实际，开始对阳明心学进行反思，倡导经世致用的实学，主张实行、实习、实言。[4] 颜元明确提出"救弊之道，在实学，不在空言"[5]，假使实学不明，哪怕言语再精致美妙，书籍积累得再多，也空留虚幻，于世无益。因而他强调："明道不在《诗》《书》章句，学不在颖悟诵读，而期如孔门博文约礼，身实学之，身实习之，终身不懈者。"[6] 李颙也大力倡导"道不虚谈"

---

① 吴晗：《胡应麟年谱》，《清华大学学报》（自然科学版）1934 年第 1 期，第 203 页。

② （清）李塨：《恕谷后集》卷九《书明刘户部墓表后》，河北教育出版社，2009，第800页。

③ （清）顾炎武：《日知录》卷七《夫子之言性与天道》，上海古籍出版社，2013，第 306~307 页。

④ 黄爱平：《朴学与清代社会》，河北人民出版社，2003，第 26 页。

⑤ （清）颜元：《存学编》卷三《性理评》，见《颜元集》，中华书局，2012，75 页。

⑥ （清）颜元：《存学编》卷一《上太仓陆桴亭先生书》，见《颜元集》，中华书局，2012，第 47 页。

"学贵实效"，只有"明体适用而经纶万物，则与天地生育之德合矣"①，才能称之为儒。

那么如何才能实现实学呢？众多学者不约而同地向汉学汲取养分，追求汉学传统的复归。毛奇龄大胆地指出："自汉迄今，从来误解者十居其九；自汉迄今，从来不解者十居其一。"② 儒学随着时代的变迁，经文的内涵和经书的真实性、可靠性早已失去其本来面目。方粢如进一步申明："此经说之可疑，于汉十之一，于唐十之二，于宋十之七。盖前儒说经，解说而已。至宋而说之，不是则论而议，议而辨，往往于无可疑者而疑。既疑之则遂以身质疑事，小则改张前说，大则颠倒经文。"③ 特别是宋代理学以儒家经典阐释自己的性理之学，合则顺之，不合则删之、改之，甚至悖之、祸之，导致经书面目全非。

钱谦益作为明末清初理学向实学思想转变过程中首开风气的人物，对宋儒之毁经有着深刻的认识。他指出："《十三经》之有传注、笺解、义疏也，肇自汉、晋，粹于唐，而是正于宋。"但宋之学者"自谓得不传之经学于遗经，扫除章句，而胥归之于身心性命"的读经、解经、传经之法，使"汉唐章句之学，或几乎灭矣"。宋以后之学者还惶然不知，沉溺于宋学的删改经文的虚伪、空谈之中，并"以讲道为能事，其言学愈精，其言知性知天愈眇"。④ 以"道"作为理学的最高旨归，离"经"而讲"道"。因而"经"与"道"的

---

① （清）李颙：《二曲集》卷十四《盩厔答问》，中华书局，1996，第 120 页。
② （清）毛奇龄：《西河合集》卷五《与朱鹿田孝廉论孟书》，《四库全书》本。
③ （清）方粢如：《集虚斋学古文》卷四《与全绍房》，清乾隆佩古斋刻本。
④ （清）钱谦益：《牧斋初学集》卷二十八《新刻十三经注疏序》，上海古籍出版社，2009，第 850～851 页。

关系遂成为宋明理学与汉经学对立的焦点。

钱谦益鉴于宋明理学蔑视汉唐注疏，离"经"而谈"道"之思想，提出"圣人之经即为圣人之道"的精辟论点。"汉儒谓之讲经，而今世谓之讲道。圣人之经，即圣人之道也。离经而讲道，贤者高自标目，务胜于前人；而不肖者汪洋自恣，莫可穷诘。则亦宋之诸儒扫除章句也，导其先路也。"① 钱谦益从经道一体的角度，对程朱理学之不守章句之学，随意离经、改经，以及由此带来的不良影响进行了深入的批判。于是他提出"诚欲正人心，必自反经始"，和"反经正学为救世之先务"的观点。② 于此，钱谦益将反经和正学、经世、救世紧密地联系在一起。那么何谓"反经"呢？"反经"就是"穷经学古"，以汉之章句训诂之学，恢复儒学之本来面目。"六经之学，渊源于两汉，大备于唐、宋之初，其固而失通，繁而寡要，诚亦有之，然其训诂皆原本先民，而微言大义，去圣贤之门犹未远也。学者之治经也，必以汉人为宗主，如杜预所谓原始要终。寻其枝叶，究其所穷，优而柔之，餍而饫之，涣然冰释，怡然理顺，然后抉摘异同，疏通凝滞。汉不足求之于唐，唐不足求之于宋。唐、宋皆不足，然后求之近代。庶几圣贤之仞可窥，儒先之钤键可得也。"③ 汉代经学作为六经之学的源头，虽然墨守成规，缺乏创新，过于强调美刺本旨以至于曲解附会，训诂也偏于琐碎，

---

① （清）钱谦益：《牧斋初学集》卷二十八《新刻十三经注疏序》，上海古籍出版社，2009，第851页。

② （清）钱谦益：《牧斋初学集》卷二十八《苏州府学志序》，上海古籍出版社，2009，第852页。

③ （清）钱谦益：《牧斋初学集》卷七十九《与卓去病论经学书》，上海古籍出版社，2009，第1706页。

但基本保存了经学的原貌，依据经文阐释微言大义，离圣人之意不远。特别难能可贵的是，他虽然倡导汉学，但对于汉学死守章句、细碎繁琐的训诂之法，并不是全盘吸收的。他虽然对宋学不遗余力地加以批评，但也并没有全盘否定。以唐、宋、近代之学补汉学之不足，反映了其辩证的文学观和思想观。这与很多学者，对汉学视之如珠宝、对宋学视之如敝屣的偏执之见是有很大不同的。

顾炎武、费密、黄宗羲等在钱谦益的论点上，继续指出："经学自有源流，自汉而六朝、而唐、而宋，必一一考究，而后及于近儒之所著，然后可以知其异同离合之旨。"① 相比于宋学，"汉儒虽未事七十子，去古未远，初当君子五世之泽，一也；尚传闻先秦古书，故家遗俗，二也；未罹永嘉之乱，旧章散失，三也。故汉政事、风俗、经术、教化、文章，皆非后世可几"②。又"古今不同，非训诂无以明之，训诂明而道不坠。后世舍汉儒所传，何能道三代风旨文辞乎？"③ 从时间而言，汉学比之宋学离古更近，汉学诸儒虽未能亲侍诸子，然毕竟离古未远，尚可披余泽；从经学方法而言，汉学以训诂为主，宋学以解经为主，相较"六经注我"，显然"我注六经"更贴近经学之本。排除无法逆转的时间之因，宋学偏重义理之学的习经之法和随意删减、"肢解"经书的学术态度恐怕才是最为明末清初学者所不能接受的。因此，明末清初广大学子所倡导的汉学复兴，主要表现为汉学训诂、考辨等

---

① （清）顾炎武：《亭林文集》卷四《与人书四》，《续修四库全书》集部，第1402 册。
② （清）费密：《弘道书》卷上《道脉谱论》，《续修四库全书》子部，第 946 册。
③ （清）费密：《弘道书》卷上《原教》，《续修四库全书》子部，第 946 册。

考据方法的广泛应用和传统经世致用精神的提倡。

此外，钱谦益还论述了"经"与"史"的关系，提出了"六经，史之宗统也。六经之中皆有史，不独《春秋》三传也"①的观点。这实际上已是清代章学诚之"六经皆史"论的滥觞。钱谦益关于"经""史"关系的论述，首先是强调尊经，主张"史不离经"。同时，也绝不轻视史的作用与功能，而认为"经"与"史"是相辅相成的，他说："经犹权也，史则衡之有轻重也。经犹度也，史则尺之有长短也。"②"经"与"史"之间，既然是权与轻重、度与长短的关系，那么，二者也是相互依存的，史既不能离经，经也离不开史。表现在诗歌领域，就是继承"诗史"传统，以诗存人，以人存诗。钱谦益之《投笔集》以宏大的篇章反映了作者本人晚年从事的抗清活动，堪称一部明末清初反清复明之诗史。二冯继承钱谦益之"诗史"观，评点《中州集》。冯舒并仿《中州集》和《投笔集》的体例，选《怀旧集》以示"以诗存人"之志。黄宗羲、章学诚等继承了这种"诗史"观，并形成了绵延不断的史学传统。

二 儒家诗教的复归

与经学的儒学复归相适应，诗学领域内亦开始复归儒家传统诗教，而儒家诗教的复归主要表现为诗歌的怨刺、风化的经世功能。自从李梦阳提出"文必秦汉，诗必盛唐"的文

① （清）钱谦益：《牧斋有学集》卷三十八《再答苍略书》，上海古籍出版社，2010，第1310页。
② （清）钱谦益：《牧斋有学集》卷十四《汲古阁毛氏新刻十七史序》，上海古籍出版社，2010，第679页。

学主张后，明代诗学就弥漫在拟古的浪潮中，亦步亦趋，缺少独创性。针对这种流弊，众多学者从儒家经世致用的角度对明代的名为"复古"实为"拟古"的思潮进行反拨，而清初率先提出诗文创作需要经术经世的就是钱谦益。[1] 他从经学、诗学、经世三位一体的角度，建立了文与经合、文与道合、道与学合的文学观。"经术既熟，然后从事于子史典志之学，泛览博采，皆还而中其章程，隐其绳墨。于是儒者之道大备，而后胥出而为名卿材大夫，以效国家之用。"[2] 这里，他虽然没有明确提出诗学这一称谓，而是以子史典志之学泛称一切学问，但诗学也包含其中。无论是诗学、经学或是一切学术，其最终旨归无疑都在有益国家，能经世致用。所以他从儒家诗学的经世致用的角度，对明末拟古诗风忽视诗学的政教的价值功能进行批判。他说："夫诗本以正纲常、扶世运，岂区区雕绘声律、剽剥字句尔乎？"[3] "先儒有言，诗人所陈者，皆乱状淫形，时政之疾病也；所言者，皆忠规切谏，救世之针药也。"[4] 钱谦益复兴的不只是儒家的经典，亦是儒家的传统精神、比兴之义。

不仅如此，钱谦益还从诗歌要有感而发抒写性情的角度，反对模拟之风，强调独创。他说："夫诗者，言其志之所之也。志之所之，盈于情，奋于气，而击发于境风识浪奔昏交凑之时世，于是乎朝庙亦诗，房中亦诗，吉人亦诗，棘人亦

① 参见陈居渊《清代朴学与中国文学》，百花洲文艺出版社，2000，第48页。
② （清）钱谦益：《牧斋初学集》卷二十八《苏州府学志序》，上海古籍出版社，2009，第853页。
③ （清）钱谦益：《牧斋有学集》卷十九《十峰诗序》，上海古籍出版社，2010，第830页。
④ （清）钱谦益：《牧斋有学集》卷四十二《王侍御遗诗赞》，上海古籍出版社，2010，第1430页。

诗，燕好亦诗，穷苦亦诗，春哀亦诗，秋悲亦诗，吴咏亦诗，越吟亦诗，劳歌亦诗，相春亦诗。"① 这里钱谦益认为只有发自内心的真情歌咏才是诗，他实质上强调诗歌抒情言志的本质。一味地模拟古人，缺乏自己的真知灼见，亦无感荡心灵，情致不得不舒的创作需要，即使勉强为诗也是无病呻吟，缺乏摇曳性情与有益社会的双重作用。毛先舒论诗主张抒写性灵："鄙人之论云：'诗以写发性灵耳，值忧喜悲愉，宜纵怀吐辞，蕲快吾意，真诗乃见。若模拟标格，拘忌声调，则为古所域，性灵所掩，几亡诗也。'"② 黄宗羲论诗也主张诗歌抒写性情："诗之为道，从性情而出。性情之中，海涵地负，古人不能尽其变化，学者无从窥其隅辙。此处受病，则注目抽心，无非绝港。而徒声响字脚之假借，曰此为风雅正宗，曰此为一知半解，非愚则妄矣。"③ 至于深受钱谦益提携的王士祯，更是紧随其后竖起了性情的大旗。

儒家传统诗教回归的另一方面的表现就是倡导温柔敦厚的诗风。如果说倡导讽喻的诗教功能在于救济明清易代的动乱，有益于文人抒发痛失家国之哀，那么温柔敦厚之音，就主要表现为显示战后重建的和平政局以及对于即将到来的盛世之音的预示。钱谦益为施闰章诗集作的序言中对此有精辟的论述："兵兴以来，海内之诗弥盛，要皆角声多，宫声寡；阴律多，阳律寡；噍杀恚怒之音多，顺成啴缓之音寡，繁声多破，君子有余忧焉！愚山之诗异是。锵然而金和，温然而

① （清）钱谦益：《牧斋有学集》卷十五《爱琴馆评选诗慰序》，上海古籍出版社，2010，第713页。
② （清）毛先舒：《诗辨坻·鄙论篇》，《四库存目补编》本。
③ （清）黄宗羲：《南雷文定后集·寒村诗稿序》，见《黄宗羲全集》第十册，浙江古籍出版社，2012，第53页。

玉诎，柎搏升歌，朱弦清氾，求其为衰世之音不可得
也。……诗人之志在救世，归本于温柔敦厚一也。……温柔
敦厚之教，诗人之针药救世，愚山盖身有之。"①

三 唐宋兼综的诗学取向

清初诗学是在对前朝的反思和传统复兴的大的历史文化
氛围中展开的，批评阳明心学的空疏学风，倡导经世致用的
经学和诗学，反对明七子派的盲目拟古之风。这些都成为诗
学转变的动力。七子虽高举盛唐诗歌的旗帜，但其末流的拟
古窠臼却未能也不能带来诗歌的繁荣。清初诗人要想重振诗
风不得不另觅他路，而唐、宋两代诗歌格局已经囊括了太多
的诗学范畴，清人已经很难超越他们而另辟新境。所以清初
诗风的转变更多地表现为对两种诗风的重新体认、解读和融
合。② 如前所述，钱谦益对汉学和宋学兼容并包，而在诗学
上，他对唐诗和宋诗也兼容并包。唐诗是钱谦益重要的诗学
源头，他明确地说过"诗莫盛于唐"。他的诗学历程中由义山
而上溯少陵，兼涉昌黎、香山的路径是十分清晰的，特别是
对于杜甫的诗推崇备至。"余盖尝奉教于先生长者，而窃闻学
诗之说。以为学诗之法，莫善于古人，莫不善于今人，何也？
自唐以降，诗家之途辙，总萃于杜氏。大历后以诗名家者，
靡不由杜而出。"③ 他同时也继承了杜甫的"转益多师"，强

① （清）施闰章撰，何庆善、杨应芹点校《施愚山集》，黄山书社，1993，第
246～247 页。
② 参见罗时进《钱谦益唐宋兼宗的祈向与清代诗风新变》，《杭州师范学院学报》
（人文社会科学版）2001 年第 6 期。
③ （清）钱谦益：《牧斋初学集》卷三十二《曾房仲诗序》，上海古籍出版社，
2009，第 928～929 页。

调宋诗的典范意义，提倡唐宋并重，客观上便肯定和提升了宋诗，倡导了一种新的诗学选择。乔亿指出："自钱受之力诋弘、正诸公，始缵宋人余绪，诸诗老继之，皆名唐而实宋。此风气一大变也。"① 这评述了钱谦益与清初宋诗诗风形成的关系。

同钱谦益一样，清初的很多文人都尊崇杜甫，并将其"诗史"推上了典范的位置。"孟子曰：'《诗》亡然后《春秋》作。'《春秋》未作之前之诗，皆国史也。人知孔子之删《诗》，不知其为定史。人知夫子之作《春秋》，不知其为续《诗》。《诗》也，《书》也，《春秋》也，首尾为一书，离而三之者也。三代以降，史自史，诗自诗，而诗之义不能本于史。曹之《赠白马》，阮之《咏怀》，刘之《扶风》，张之《七哀》，千古之兴亡升降，感叹悲愤，皆于诗发之。驯至于少陵，而诗中之史大备，天下称之曰诗史。"② 吴乔于《西昆发微·序》中说："夫诗以言志，而志由于境遇，少陵元化在手，适当玄、肃播迁之世，其忠君爱国之志，一发于流落奔走之篇，遂为千古绝业。"③ 随后他又补充道："子美于君亲、兄弟、朋友、黎民，无刻不关其念。"④ 这就把杜甫的忠君爱国之志具体阐释为儒家的忠、孝、节三大德目。吴乔的意见，在清初具有相当的代表性，肯定杜甫实为肯定儒家诗教。"杜

---

① 郭绍虞：《清诗话续编》，上海古籍出版社，1983，第1104页。
② （清）钱谦益：《牧斋有学集》卷十八《胡致果诗序》，上海古籍出版社，2010，第800页。
③ （清）吴乔：《西昆发微》序，中华书局，1985，第2页。
④ （清）吴乔：《围炉诗话》卷四，见《清诗话续编》，上海古籍出版社，1983，第92页。

诗是非不谬于圣人，故曰'诗史'，非直指纪事之谓也。"①

杜甫的沉郁顿挫、忧国忧民的诗风更切合清初诗人痛失故国的巨大创伤，而宋人也有被颠覆政权的惨痛经历。在这点上，清初遗民诗人与宋末诗人找到了共鸣，加之，宋代诗歌以学问为诗、尊重义理的表达、炼字炼句、感伤世事等，基本上都是学习杜甫的诗风而来的。虽然清初文人鄙夷宋学，但并不排斥宋诗，加之钱谦益以文坛盟主身份的倡导和创作实践，对宋诗地位的提升起了至关重要的作用。

综上所述，出于对明朝灭亡的深刻反思，清初文人倡导以儒学传统的复归为途径，追求经学的经世致用，从而摆脱了阳明心学的空疏学风，走向了实言、实行的实学。伴随着儒学传统的复归和对明末"拟古"风的批判，清初诗学开始注重讽喻的政教功能和温柔敦厚的诗学传统，并打破了长期以来以盛唐诗歌为重而宋代无诗的偏见，将唐诗与宋诗融合起来。我们说，清代之所以能一改前代的衰颓，重振诗学，很大程度上就在于其勇于变革，敢于冲破"诗必盛唐"的藩篱而经唐纬宋，求变创新，从而具有了宏衍阔大的气局和多元组合的诗学取向。而钱谦益以他渊博的学识、经世的精神、兼容并包的胸怀以及出色的创作等为这场翻天覆地的变革做出了巨大的贡献。正因为如此，当人们在清代思潮的浩荡长川之下溯洄望之，钱谦益首倡之功尤为瞩目。

---

① （清）吴乔：《围炉诗话》卷四，见《清诗话续编》，上海古籍出版社，1983，第 92 页。

《六家诗名物疏》:《诗经》名物疏集大成之作

　　孔子言学《诗》可以"多识于鸟兽草木之名"(《论语·阳货》)。自六朝陆玑《毛诗草木鸟兽虫鱼疏》开始,名物疏解占据了诗学研究的一席之地,出现了很多著作。如:蔡卞《毛诗名物解》,许谦《诗集传名物钞》,林兆珂《毛诗多识编》,冯复京《六家诗名物疏》,吴雨《毛诗鸟兽草木考》,毛晋《毛诗陆疏广要》,赵执信《毛诗名物疏钞》,陈大章《诗传名物集览》,姚炳《诗识名解》,方瑗《读诗释物》,焦循《陆氏草木鸟兽虫鱼疏疏》《毛诗鸟兽草木虫鱼释》,牟应震《毛诗名物考》,赵佑《毛诗草木鸟兽虫鱼疏校正》,等等。另外,还出现了一些天文、地理名物方面的专著,如焦循《毛诗地理释》、洪亮吉《毛诗天文考》、朱右曾《诗地理征》、尹继美《诗地理考略》、桂文灿《毛诗释地》等。以图说解名物亦有专著出现,如徐鼎的《毛诗名物图说》。《诗经》名物是反映周时代精神和思想文化的一面镜子,也是全面理解《诗经》艺术特色和艺术旨归的一把钥匙,在《诗经》研究学史上具有重要地位。

　　然历代名物疏解，往往局限于草、木、鱼、虫等自然名物的训诂，虽于天文、地理方面的名物稍有涉及，却伤于芜杂。有的著作虽引用资料丰富，然往往失之蔓衍，使人莫知所从，甚至将名物疏解与经学相纠缠，成为道德比附的工具，缺乏科学的依据。① 而冯复京的《六家诗名物疏》立足于汉代经学，精于考据，广征博引，将名物分为三十二门进行细致考辨，对名物疏解进行了校正和补遗，② 可称为明末以来诗经名物的集大成之作。《四库全书总目》评其曰："征引颇为赅博。每条之末，间附考证，……议论皆有根柢。"本文主要基于四库馆臣的评价，分为三个部分来论述：第一，广征博引；第二，分类精细；第三，详于考证。

一　广征博引

　　冯复京作《六家诗名物疏》所用书目颇广，叶向高称："其所采集自六经、正史以至诸子百家、稗官小说，与夫谶纬、医卜、天文、历数诸书，无不搜引连类。"检《六家诗名物疏·引用书目》，冯复京引用的书目，囊括经、史、子、集四部，总计为 577 部，其中经部 228 部、史部 115 部、子部 183 部、集部 51 部，数目甚丰，在诗经名物疏解著作之中参引资料最广。

　　如，仅"琴"一条，就引用了《琴书》、《说文》、《乐书》、《广雅》、《琴操》、《风俗通》、《山海经》、《琴清英》、《书》、《周官》、《明堂位》、《乐记》、《国语》、《史记·驺忌

---

① 参见吕华亮《〈诗经〉名物与〈诗经〉成就》，山东大学博士学位论文，2008，第 6 页。
② 夏传才：《〈诗经〉研究史概要》，中州书画社，1982，第 159 页。

子》、陈旸《乐书》十五家之言，与同时期的其他名物著作相比，征引资料最博。为更直观地显现冯复京《六家诗名物疏》引用资料之博以及各家之优劣，现选取林兆珂《毛诗多识编》、吴雨《毛诗鸟兽草木考》与《六家诗名物疏》之关于"鸠"的注疏，进行分析。

林兆珂《毛诗多识编·鸟部·鹘鸠》：

> "宛彼鸣鸠，翰飞戾天。"（《小雅·小宛》章）"于嗟鸠兮，无食桑葚"。（《卫风·氓》之"蚩蚩"章）
>
> 鸠，鹘鸠也，春来秋去。《释鸟》：鹠鸠，鹘鵃。郭璞云：似山鹊而小，短尾，青黑色，多声。今江东亦呼为鹘鵃。陆佃云：一名鸣鸠，《月令》所谓"鸣鸠拂其羽"是也；一名莺鸠，《庄子》所谓"蜩与莺鸠笑之者"是也。陆玑谓"鹘鸠即斑鸠"，非也。盖斑鸠似勃鸠而大，项有绣文斑然，与此鹘鸠全异。此鸟兽朝鸣，故一曰鹘嘲。许慎云：鸣鸠，奋迅其羽，直刺上飞数千丈入云中。其勉而飞如此。故小宛以刺幽王，不能自强也。

吴雨《毛诗鸟兽草木考·鸟考·鸠》：

> 《卫风》曰：于嗟鸠兮，无食桑葚。《传》：鸠，鹘鸠也，食桑葚过，则醉而伤其性。《小雅》曰："宛彼鸣鸠，翰飞戾天。"《传》：宛，小貌；鸣鸠，鹘鸠也。
>
> 鸠，鹘鸠也。一名鸣鸠，一名鹠鸠，一名鹘鸠，一名莺鸠。似山雀而小，短尾，青黑色，多声亦多子。在山林间，飞翔不远，春来秋去，备四时之事。故少皞氏

以为司事之官，春后引雏鼓翼，上天而飞，鸣以翼相摩拂，《月令》"鸣鸠拂其羽是"也。此鸟好鸣，故名鸣鸠。亦好朝鸣，故名鹘嘲。北人，名鹏鹩；今江东，亦呼为鹘鸼。性食桑葚，然过则醉，而伤其性也。陆玑云斑鸠也。盖斑鸠似鹁鸠而大。鹁鸠，灰色无绣项，阴则屏逐其匹，晴则呼之。斑鸠，项有绣文斑然，故曰斑鸠，则与此鹘鸠全异。玑之言，非也。《尔雅》，鸠类非。一知此是鹘鸠者，似鹘鸠，冬始去今秋见之，以为喻，故知非余鸠也。

冯复京《六家诗名物疏》卷十七：

《传》云：鸠，鹘鸠也。《尔雅》：鹘鸠，鹘鸠。舍人曰，今之斑鸠。某氏曰，《春秋》云：鹘鸠氏司事，春来冬去。孙炎曰：一名鸣鸠。《月令》云：鸣鸠拂其羽。郭璞曰：似山鹊而小，短尾，青黑色，多声。今江东亦呼为鹘鸼。《本草》云：鹘嘲，南北总似鹊，尾短，黄色，在山林间，飞翔不远。《广雅》云：鹘鸼，鹪鸠也。《埤雅》云：鹘鸠，一名鸣鸠，一名莺鸠。《庄子》所谓"蜩与莺鸠"笑之者也。多声，故名鸣鸠。鸣鸠小物，决起而飞抢榆枋时，不至控于地而已矣。陆玑云：鹘鸠，一名斑鸠。盖斑鸠似鹁鸠而大。鹁鸠，灰色，无绣项。阴则屏逐其匹，晴则呼之。语曰"天将雨，鸠逐妇"者是也。斑鸠项有绣文斑然，故曰斑鸠，与此鹘鸠全异。玑之言非。此鸟喜朝鸣，故曰鹘嘲也。《周书·时训》云：谷雨又五日，鸣鸠拂其羽，鸣不拂其羽，国不治兵。

许叔重云：鸣鸠奋迅其羽，直刺上飞数千丈入云中。

案《本草》言鹝嘲飞翔不远，而许叔重谓直入云中，岂所见各异耶？《庄子》所云与《本草》合，则许说非也。

林兆珂《毛诗多识编》以材料罗列为主，不加考辨。而吴雨和冯复京在综合前人注疏结果的同时，能加以考辨。《毛诗多识编》先采《尔雅·释鸟》，次郭璞，次陆佃，次陆玑，次许慎，隐去《毛诗传》和《春秋》之目，加以整合出为己说，"多重复陆玑的《毛疏》，在资料上作了不少补充，但没有实质性的进步，还时有错注误衍之处"①。吴雨《毛诗鸟兽草木考》除陆玑和《尔雅》外，均不署使用书目之名称。虽于行文中渗透自己的思考，但归属难辨，又杂诸家之义为一炉，失之芜杂，时时出现前后抵牾之处。相比较而言，冯复京《六家诗名物疏》严谨得多，在《毛诗多识编》引用之五条的基础上，又加孙炎、《本草纲目》、《广雅》、《埤雅》、《周书·时训》、许叔重六条，材料要丰富得多，且每条均注明出处，不没前人成果，并能考辨诸家之言，详定是非。

二 分类精细

冯复京《六家诗名物疏》将《诗经》名物分为三十二门细细考辨，涉及草木、鸟兽、天文、地理、居食等各个方面，几乎囊括了《诗经》所涉及名物的全部种类。

焦竑序云："自鸟兽草木而外，如象纬、堪舆、居食、被

① 孙关龙：《〈诗经〉草木虫鸟研究回顾——兼论〈诗经〉草木虫鸟文化科学观》，《学习与探索》2000 年第 1 期。

服、音乐、兵戎，名见于经者，种种具焉。"① 叙例言此书："几乎上穷景纬，下括舆图，中备人事。予今具释列为三十二门，各若干事诗之名物，殚于此矣。"陆玑《毛诗草木鸟兽虫鱼疏》仅释草、木、鸟、兽、虫、鱼；蔡卞《毛诗名物解》所释有天、百谷、草、木、鸟、兽、虫、鱼、马、杂释、杂解十一类；元许谦《诗集传名物钞》训解名物之外，夹杂文字训释和诗旨抄录，才不过八卷之目；林兆珂《毛诗多识编》分草部、木部、鸟部、兽部、虫部、鳞部六部，合为七卷；吴雨《毛诗鸟兽草木考》分鸟考、兽考、虫考、鳞考、草考、谷考、木考、天文考八类。

而冯复京之《六家诗名物疏》长达五十五卷，分为释天、释神、释时序、释地、释国邑、释山、释水、释体、释亲属、释姓、释爵位、释饮食、释服饰、释室、释器、释布帛、释宝玉、释礼、释乐、释兵、释舟车、释色、释艺业、释夷、释兽、释鸟、释介鳞、释虫、释木、释谷、释草、释杂物三十二类，所释名物多达一千九百余种，其涉及的广度和分类的精细远超其他名物疏著作。明代及以前的《诗经》名物研究，"大都以《诗经》动植物及相关自然名物研究为主体，甚至有些书只局限于鸟、兽、草、木四项，……而服饰、车旗、建筑、乐器等人工名物的考证，则相对较弱，专著更是很少"，② 而冯复京《六家诗名物疏》在疏解草、木、鸟、兽等自然名物的同时，对饮食、服饰、居食、习俗等人工名物亦

---

① 冯复京：《六家诗名物疏》，见《文渊阁四库全书》第八○册，台湾商务印书馆，1986，第3页。
② 吕华亮：《〈诗经〉名物与〈诗经〉成就》，山东大学博士学位论文，2008，第5页。

有详细的考释，在名物疏的研究史上堪称巨作，其意义自不待言。

三 详于考证

冯氏之《六家诗名物疏》不仅群征博引，详细排列各家关于名物的注解，更为可贵的在于它能加以考辨，判定优劣，而且论据充分，逻辑严密。检全书加按语考辨的多达二百五十三条。

如，上文所引之"鹘鸼"条，通过比对《庄子》、《本草纲目》和许慎三家之言，而推知许说之误。再如四库馆臣指出的卷五所疏《采蘩》篇"被之僮僮"之"被"，"郑《笺》以被为髲髢。《集传》以为编发。应京（按：'应京'应为'复京'）则据《周礼·追师》谓编则列发为之，次则次第发长短为之。所谓髲髢，定《集传》之误混为编"。又如《郑风》之"缁衣"，《诗集传》以为缁衣羔裘，大夫燕居之服。冯复京"则据贾公彦《周礼疏》，以为卿士朝于天子，服皮弁服，其适治事之馆，改服缁衣。郑《笺》所谓所居私朝，即谓治事之馆"①。王海丹引《六家诗名物疏》，曰："罗列宛丘诸说，形成对比，再引《尔雅》上文分析郭璞之释缘何独异，力挺其辞。如此考据分析，盖作者乃明辨求实之士，不是个吊书袋的腐儒。"② 可见，冯复京之考辨绝非草草之作，往往言之有据，层次清晰，让人信服。

冯复京的考辨又非常谨慎，遇有疑问但众家之说不同，

---

① （清）永瑢等：《四库全书总目·六家诗名物疏》，中华书局，2008，第 129 页中。
② 王海丹：《明代〈诗经〉考据特色研究》，《大众文艺》2010 年第 20 期，第 143 页。

而又无从考证者，其往往提出疑问而不论定是非，然也为后来学者提供了一些线索。其详加考辨，并明辨是非者，往往是其比较精通的或熟知的。比如冯复京曾作《遵制家礼》四卷，对服饰、礼仪等都有很深的了解，故其考辨细致深入，条理清晰。四库馆臣指出的"缁衣"一条，即为是例。又如常熟盛弹古琴，并有"虞山"一派，至今不绝。冯复京亦精通音乐，他对各种乐器的考辨，即从其音乐实践出发，加以梳理。以"琴"为例，冯复京在征引各家之说后，加以分析，曰：

> 按：《明堂位》有大琴、中琴之文。然则长八尺一寸者，大琴之度也；长三尺六寸六分者，中琴之度也。制之长短虽不同，不过五弦、七弦而已。郭氏云：大琴二十七弦，未知何据。陈旸又云：声不过五，小琴五弦，中琴倍之十弦，大琴四倍之二十弦。深辟七弦之琴，以为存之有害。古制其称十弦、二十弦，于古罕用。而七弦则古今相传，未可废也。

琴有大琴、中琴两目，琴长又有八尺一寸、七尺二寸、三尺六寸六分之分，弦又有五弦、七弦、十弦、二十弦、二十七弦之不同。冯复京从音乐实践出发，指出大琴长八尺一寸、中琴长三尺六寸六分。而五弦、七弦古今通用，十弦、二十弦古人罕用，至于二十七弦则未能辨。

冯复京的考辨虽然严谨，但正如刘毓庆先生所指，由于其"缺乏清儒归纳、演绎、音韵训诂的手段"又"过于依赖于文献，而又无力疏通其间关系，故虽博而多有不通"①。冯氏以一人之力详注五十五卷之目，错误、纰漏在所难免，至于由于能力所限，缺乏对材料的整体把握和疏通，亦是人之常情。其对文献的依赖也正是其严谨学风的有力表现，有一份材料说一分话亦是治学的一种方法。冯氏之作对《诗经》名物之材料的细致整理，为后人的研究提供了很大的便利。而其严谨的治学之风和质疑权威的行为，已开启清代朴学之风。其在明清学术思潮转变中的推动之功还是不能抹杀的。

综之，《六家诗名物疏》以征引资料广博、分类精细、详于考辨等特点，在《诗经》名物疏解研究中具有举足轻重的地位。首先，此书在疏解自然名物的同时，细致考辨人工名物，拓宽了《诗经》名物疏解的领域；其次，冯氏群征博引并能详加考辨各种说法之不足，从而部分廓清了笼罩在《诗经》名物上的误解；最后，冯氏自觉运用传统的文献考证学方法，于清代乃至近代《诗经》考证学风的兴盛有推动之功。

---

① 刘毓庆：《从经学到文学——明代〈诗经〉学史论》，商务印书馆，2003，第154~156页。

论冯舒、冯班对李商隐
诗歌艺术的继承

一　冯舒、冯班的诗学主张：尊奉晚唐

冯舒，字巳苍，晚号癸巳老人，明末诸生。冯班，字定远，号钝吟、钝吟老人，自号"二痴"。兄弟二人为江苏常熟人，师从钱谦益，为"虞山诗派"的中坚人物，号称"二冯"或"海虞二冯"。

二冯诗学是在对明代思潮的反思中形成的。明七子派"文必秦汉，诗必盛唐"的主张强调了形式风格的古典性，但将诗歌引致死拟古人的狭小境地，牺牲了情感的真实性；公安派、竟陵派强调情感的真实性，但脱离了诗歌经世致用的现实作用，亦牺牲了形式风格的古典性。钱谦益认为明七子和竟陵派"学古而赝""师心而妄"①的两种病症之根在于脱离了诗歌的本质特征，背离了儒家经典的轨道。所以，钱谦益将诗歌引入"诗言志"传统，从情感上贯通古今，从而将

---

① （清）钱谦益：《牧斋有学集》，上海古籍出版社，2010，第758页。

复古与言情融合。"夫诗者，言其志之所之也。志之所之，盈于情，奋于气，而击发于境风识浪奔昏交凑之时世，于是乎朝庙亦诗，房中亦诗，吉人亦诗，棘人亦诗，燕好亦诗，穷苦亦诗，春哀亦诗，秋悲亦诗，吴咏亦诗，越吟亦诗，劳歌亦诗，相舂亦诗。"① 诗歌是内心情感的真挚流露，只有发自内心之作才为诗，那种一味模仿古人，无病呻吟之作，既无益于个人情感的宣泄与抒发，亦无益于社会。所以"有真好色，有真怨悱，而天下始有真诗"②。故而钱谦益评价诗歌以性情为先，只有真情之作才能称之为诗歌，然后才可以以诗歌之标准衡量之、品评之，否则一切皆为无根之谈。

钱谦益以真情而非形式风格作为衡量诗歌的标准，从根本上抹杀了各种诗歌体裁和诗歌风格之间的差异。从性情的差异性上肯定诗歌形式风格的差异性，也就是说各种风格特征和各个时代之诗歌的地位是平等的，不必强分初、盛、中、晚，亦不必强分唐、宋之优劣。这样就从根本上推翻了七子"文必秦汉，诗必盛唐"之论，为中晚唐诗、宋诗争得了与盛唐诗歌同等之地位。

二冯继承钱谦益诗论，对七子派和公安、竟陵派进行不遗余力的抨击，曰："王、李、李、何之论诗，如贵胄子弟，倚恃门阀，傲忽自大，时时不会人情；钟、谭如屠沽家儿，时有慧黠，异乎雅流。"③ 二冯又继承了钱谦益之性情论，从古今性情相通的角度，融合复古与性灵。然二冯与钱谦益不同之处在于，二冯取法晚唐，以晚唐诗为基础，"建立了以象

① （清）钱谦益：《牧斋有学集》，上海古籍出版社，2010，第758页。
② （清）钱谦益：《牧斋有学集》，上海古籍出版社，2010，第758页。
③ （清）冯班：《钝吟杂录·正俗》，清康熙陆贻典刻本。

征性比兴为核心，崇尚细腻功夫与华丽文采的诗学，这种诗学对晚唐诗歌的审美价值做了正面的论述与肯定，确立了晚唐诗的地位"①，在学术界掀起了一场晚唐热。关于此点冯班曾自言："自束发受书，逮及壮岁，经业之暇，留心联绝。于时好事多绮纨子弟，会集之间，必有丝竹管弦，红妆夹坐，刻烛擘笺，尚于绮丽，以温、李为范式。"②

冯班感叹宋代"江西"以来诗文风雅之道的丧失，倡导晚唐诗风的复兴。于是冯班从诗歌发展观上，建立了其晚唐、"西昆"诗学的理论支点。从继承的角度讲，"诗妙在有比兴，有讽刺。《离骚》以美人喻君子，《国风》好色而不淫是也"③。而古今诗人继承讽刺比兴传统者，李商隐当属其一，"唐香艳诗必以义山为首，有妆里，意思远，中间藏得讽刺"。④ 李商隐诗继承了诗教的比兴传统，集萃了先秦汉魏、六朝、唐代诗歌之精华；从变革的角度讲，"'昆体'壮丽，宋之沈、宋也。开国之文必须典重。徐、庾化为沈、宋，温、李化为杨、刘，去其倾仄，存其整赡，自然一团元气浑成。李、杜、欧、苏出而唐、宋渐衰矣，文章之变，可征气运"⑤。徐、庾艳体诗，乃诗歌变革之先导，为盛世之音的前兆。而晚唐之温李，犹若齐梁之徐庾，亦是诗歌变革之先行军，"西昆诗派"可比初唐四杰，为盛世之音的开创者，符合诗歌发展的规律。

接着，二冯从辨析体制的角度，彻底摧毁了七子的汉魏

① 张健：《清代诗学研究》，北京大学出版社，1999，第148页。
② （清）冯班：《钝吟老人遗稿·同人拟西昆体诗序》，清康熙陆贻典刻本。
③ 李庆甲：《瀛奎律髓汇评》，上海古籍出版社，2005，第276页。
④ 李庆甲：《瀛奎律髓汇评》，上海古籍出版社，2005，第276页。
⑤ 李庆甲：《瀛奎律髓汇评》，上海古籍出版社，2005，第55页。

盛唐拟古准则。首先，明确诗与文的分界，"南北朝人以有韵者为文，无韵者为笔，亦通谓之文。唐自中叶以后，多以诗与文对言。愚按：'有韵、无韵皆可曰文；缘情之作则曰诗。'"[1] 保证了诗体的纯粹性。其次，在诗体内部，模糊诗、乐府、歌行的分界，指出诗无定体。冯班曰："古诗皆乐也，文士为之辞曰诗，乐工协之于钟吕为乐。自后世文士，或不闲音律，言志之文，乃有不可施于乐者，故诗与乐画境。文士所造乐府，如陈思王、陆士衡于时谓之'乖调'，刘彦和以为'无诏伶人'，故'事谢丝管'，则是文人乐府，亦有不谐钟吕，直自为诗者矣。"[2] 乐与诗一样，是生与民具，诗合于乐，则为乐之词也，而乐府所采之诗即合乐之词，所以乐府与诗在合乐方面并无太多区别，汉乐消亡前之诗即乐府，乐府即诗。"伶工所奏，乐也；诗人所造，诗也。诗乃乐之词耳，本无定体。唐人律诗，亦是乐府也。今人不解，往往求诗与乐府之别。"[3] 他们既破除了乐府与诗之间的隔阂，又重新确立了诗与乐之间的关系，并通过解构乐府词与乐的关系，打断人对音乐的追念；同时将乐府写作方式汰存为赋古题和赋新题二种，示人坦易可行之途。[4]

最后，二冯校定《玉台新咏》和评点《才调集》《瀛奎律髓》，"从文本的校勘、辑佚、考订入手，由文本研究推广到诗史研究，通过诗史研究和选本评点来表达自己的诗歌观

---

① （清）冯班：《钝吟杂录·读古浅说》，清康熙陆贻典刻本。
② （清）冯班：《钝吟老人遗稿·古今乐府论》，清康熙陆贻典刻本。
③ （清）冯班：《钝吟杂录·正俗》，清康熙陆贻典刻本。
④ 蒋寅：《冯班与清代乐府观念的转向》，《文艺研究》2007年第8期。

念"①，教授后学。冯武《二冯先生评阅才调集·凡例》曰："两先生教后学，皆喜用此书，非谓此外皆无可取也。盖从此而入，则蹈矩循规，择言择行，纵有纨绔气习，然不过失之乎文。若径从'江西派'入，则不免草野偏俗，失之乎野，往往生硬拙俗，诘屈槎牙，遗笑天下后世不可救。"② 冯武从"西昆"与"江西"对举的角度，肯定并推广晚唐、"西昆"诗风。

袁行霈主编的《中国文学史》评价西昆体曰："西昆集中的诗人大多师法李商隐诗的雕润密丽、音调铿锵。……西昆集中诗体大多为近体，七律即占有十分之六，也体现出步趋李商隐、唐彦谦诗体的倾向。……西昆体诗人学习李商隐的艺术有得有失，其得益之处为对仗工稳，用事深密，文字华美，呈现出整饬、典丽的艺术特征。……都是晚唐五代诗风的延续。"③ 予以为亦可以用之于冯舒、冯班。冯舒、冯班不仅以文本批评的方式宣扬晚唐诗歌，推广诗歌理论，且二人诗歌创作中重视用典、追求比兴、文字华美等特点均与李商隐、西昆派一脉相承。可以说，冯舒、冯班的诗歌创作是李商隐和西昆诗风在清朝的回响，亦是晚唐五代诗风的延续。接下来本文就从题材和艺术表现力两方面，论冯舒、冯班诗歌创作对李商隐诗风的继承。

二 冯舒、冯班诗歌的题材内容：尤擅咏物

就题材而言，咏物诗在冯班诗集中占据很大的比重，所

---

① 蒋寅：《虞山二冯诗歌评点略论》，《辽东学院学报》（社会科学版）2008 年 12 月。

② 《二冯先生评阅才调集·凡例》，清康熙四十三年垂云堂刻本。

③ 袁行霈：《中国文学史》，高等教育出版社，2004，第 29 页。

咏之物多是自然界或日常生活中一些纤小的事物，常见的动物有"巧语斜飞百草芳，红闺日暖觉春长"①的燕子、"露洗风吹赤玉寒，当庭拗颈锦毛攒"的鸡、"翦翦身材绿作衣，帘前声唤为朝饥"的鹦鹉、"一从玄露下青冥，嘒嘒高枝镇不平"的蝉、"何年变化别青陵，栩栩随风力不胜"的蝴蝶等；常咏的植物有"今日不堪帘外树，一枝和粉弄残阳"的梅花、"攒红铺绿正芳菲，好似文君锦在机"的蔷薇、"风吹露湿一枝枝，带子垂阴是后期"的桃、"浓扫匀铺绿不休，最宜长路水悠悠"的草、"檀心一点余春在，莫似寻常看白花"的梨花、"何人扇上画，特遣不宜秋"的石榴、"桃花丰态海棠名，映石穿阶到处生"的秋海棠等；日常物品中"一尺清光势似钩，锷边名姓旧来雠"的小刀、"双双桂叶聚，愁态满香台"的愁眉、"龙脑熏多入缕香，轻云一叶照人凉"的美人手巾、"山骨何人琢，床头作六安"的枕、"萤尾衔光翻觉冷，蝇头欲堕莫频挑"的灯等。李商隐的咏物诗很少有那些具有巨大力量和具有崇高悲壮感的事物，亦多选用纤细微小事物，如"徒劳恨费声"的寒蝉、"并应伤皎洁，频近雪中来"的蝴蝶、"皎洁终无倦，煎熬亦自求"的灯、"如何肯到清秋日，已带斜阳又带蝉"的柳等。

且冯班咏物诗的意象多与义山咏物诗有所重合，如蝉、蝴蝶、燕子、鸳鸯、灯、镜、柳、梅、桃等。李商隐把个人的身世遭遇及悲剧心态与所咏之物紧密结合起来，托物寓怀，并贯穿于他的整个创作历程。李商隐笔下的物象，如嫩笋、牡丹、秋蝉、锦瑟、寒蝶等，不但能够展示诗人在不同时期

① 本文所引冯班的诗句均出自清康熙陆贻典刻本《钝吟老人遗稿》。

的心灵轨迹，而且在这些极具悲剧性的物象身上，凝聚着出身卑微的诗人在宦海沉浮中特有的感情与心态故李商隐的咏物诗在意象色彩的选择上偏于萧索，如双双对对的鸳鸯，在李商隐的笔下则"云罗满眼泪潸然"；柳为"如何肯到清秋日"的弱柳；花为"芳心向春尽"的落花。萧条之气贯穿笔端，映射出李商隐的不幸遭遇和身世之感。冯班笔下的物象，梅花亦是"正到暄春恨过时"的晚梅，树亦为"萧条似海槎"的枯树，灯"轻煤拂落残书卷"的寒灯，蝴蝶亦是"栩栩随风力不胜"的弱蝶，衰落之意亦见诸笔端。冯班的咏物诗亦走的是咏物托怀的路数，悲鸣无告的寒蝉、弱不禁风的弱蝶、饱受摧残的衰花都是诗人沉沦世俗、伤友思国心情的凝结。

李商隐与冯班同生于乱世，同沉沦宦海，故冯班的诗歌尤其是咏物诗和咏史诗与李商隐具有跨时代的心灵契合，或者说冯班在生于晚唐的李商隐身上找到了生于明清易代的自己的某些寄托。故在冯班诗歌中不惟艺术表现技巧，甚至诗歌的题材以及情感基调都是延续李商隐而来。比如冯班还创作了一类《无题》诗和《戏题》诗，显然也是受李商隐《无题》诗的影响；此外冯班的咏史诗如《古城台》《夫差庙》《故陵》等，也有李商隐咏史诗的痕迹。

三　冯舒、冯班诗歌的艺术表现力：含蓄蕴藉

就艺术表现力而言，冯氏兄弟努力学习李商隐，注重比兴手法的运用和典故的使用，追求辞采的华美流丽，追求含蓄蕴藉的艺术效果。

首先，李商隐精于用典，常将古人的言论或事迹提炼出

来，蕴含在诗歌的人物、事件和背景当中。由于很多典故已经被不同的诗歌内容和意境反复使用，所以典故本身的最初意义慢慢积淀两层乃至多层的意蕴和内涵。"恰如其分地用典往往能在非常有限的篇幅里表现丰富而复杂的内容，扩大诗歌的内涵，使本来难以明言的情意得以顺畅地表达，通过古今的对比，引起读者丰富的联想。"① 如著名的《锦瑟》：

> 锦瑟无端五十弦，一弦一柱思华年。
> 庄生晓梦迷蝴蝶，望帝春心托杜鹃。
> 沧海月明珠有泪，蓝田日暖玉生烟。
> 此情可待成追忆，只是当时已惘然。

中间两联连用了四个典故："庄生晓梦迷蝴蝶"化用《庄子·齐物论》庄周梦蝴蝶的故事；"望帝春心托杜鹃"化用蜀王望帝死后魂化为杜鹃，每到暮春啼血不止的故事；"沧海月明珠有泪"化用《博物志》海中鲛人泣泪成珠的故事；"蓝田日暖玉生烟"化用司空图"诗录美景，如蓝田日暖，良玉生烟，可望而不可置于眉睫之前也"②。首句的"无端"又与尾句的"惘然"之情相互照应，中间两联沧海、月、明珠、泪、蓝田、日、玉、烟众多意象的反复叠加，又以四个典故连环围绕虚幻、悲苦的惘然之情反复诉说，构筑出全诗迷离虚幻的艺术境界。

而冯班亦是用典的高手，如《和钱牧斋宗伯茸城诗次韵四首》其一：

---

① 许琰：《西昆酬唱集研究》，西北师范大学博士学位论文，2007，第 63 页。
② 刘学锴、余恕诚：《李商隐诗歌集解》，中华书局，2004，第 1581 页。

熏风长日正悠悠，兰室新成待莫愁。

一尺腰犹红锦襮，万丝鬟更玉搔头。

已障画扇登油壁，好放偏辕促牝牛。

争似秣陵桃叶渡，风波迎接隔江舟。

首联化用梁武帝《河中之水歌》"卢家兰室桂为梁""洛阳有女名莫愁"，与李商隐《马嵬》"不及卢家有莫愁"遥相呼应，概述女子之貌美如莫愁。颔联取庾信《昭君词》"围腰无一尺"和温庭筠《张静婉采莲歌》"宝月飘烟一尺腰"之意境，化用辛延年《羽林郎》"一鬟五百万，两鬟千万余"和《西京杂记》"武帝过李夫人就取玉搔头"描写女子纤柳细腰及绰约风姿。颈联化用王献之《团扇歌》"七宝装画扇"和《苏小小歌》"妾乘油壁车"，兼用王恺与石崇竞相夸炫，由将车人不及制之耳，急时听偏辕则驶矣的典故描写女子生活的豪奢。尾联化用王献之《桃叶歌》"桃叶复桃叶，渡江不用楫。但渡无所苦，我自来迎接"，扣压秦淮河畔的风情。几乎无字无来历，且用字精妙，仅用正、新成、待、犹、更、障、登、放、促、迎接几个字贯穿熏风、长日、兰室、莫愁、腰、锦襮、万丝鬟、玉搔头、画扇、油壁、偏辕、牝牛、秣陵、桃叶、风波、江舟众多的意象。"犹""更"两个虚词的使用，尤为生妙。

其次，李商隐的诗歌，结构回环曲折，跌宕起伏，或两路夹写，或明暗对比，或回环照应，常常出人意表。如上文所引的《锦瑟》一诗，颈联一句中既用两事，而每句内又各含两意：一意，沧海明月而珠偏有泪，蓝田日暖而玉已生烟，下三字与上四字似作反照；一意，惟沧海明月故明珠有泪，惟蓝田日暖故暖玉生烟。两意都解释得通，然两意截然相反。

冯班的诗歌亦得义山诗的妙造，如《风人体二首》：

> 拟绣田田叶，寻丝底为荷。城头无雀网，自是欠楼罗。
>
> 半夜寻遗风，谁知暗里环。夹河飞白鸟，争奈两边鹇。

第一首四句之间绣与丝、叶与荷、城与楼、网与罗之间来回照应，结构回环往复。第二首四句之间夜与暗、白与鹇两相照应，结构巧妙。王应奎评这两首诗的结构，云："尚有丝绣双关，不独荷叶而已；尚有城楼双关，不独网罗而已；尚有暗夜双关，不独佩环而已；又有夹河双关，不独白鹇而已。"[1] 冯班巧用双关句法，妙作艳体，让人耳目一新。再看冯舒的《丙戌岁朝二首》其二，曰：

> 喔喔荒鸡到枕边，魂清无梦未安眠。起看历本惊新号，忽睹衣冠换昨年。
>
> 华岳空闻山鬼信，缇群谁上寒人天。年来天意浑难会，剩有残生只惘然。[2]

首联写现实，无梦、无眠；颔联写梦幻，"惊新号""换昨年"；颈联以典故贯穿历史；尾联回到现实，抒发感慨。首

---

① （清）冯班：《钝吟老人遗稿》，吴卓信临王应奎、钱良择、钱砚北评语，清康熙陆贻典刻本。

② （清）冯舒：《默庵遗稿》，民国14年刻本。

先，首联与颔联之间形成真与幻的对比，突出诗人思念故国之心为切；其次，颈联与尾联之间为历史与现实的回环，点明无力回天之感慨；最后，首以现实开始，尾以现实作结，然情思却大有不同，陡然递进，方见转折。冯舒此首诗的结构在真与幻、历史与现实的交织中，围绕着人生的变换、历史的兴亡来回跳跃，既翻出新意，又不离本旨。

最后，李商隐的诗歌往往具有很深沉的人生主题，并把深沉的人生主题融入身边平常而细小的事物之中，再配以绚丽的辞藻和回环曲折的结构，形成一种细小而伟大的魔力，而这一切既来源于诗人的敏锐感知、对语言的把捉能力及对结构的运筹帷幄，又在于诗人以丽与伤形成的强烈对比。感伤的主题以感伤的词语出之，平常易见，然感伤的心绪以明快妖艳的词语出之，效果加倍。历代学李商隐者多着意于他的精美辞藻和独特娴熟的行文技巧，往往忽视他忧国忧时和自慨身世的两大人生主题与形式技巧之间的联系。而这种情思在冯班的诗作中屡屡见到。平常易见的事物经过诗人感时伤世的深刻主题内容的熔铸，就变得不平凡起来。以事、景与人物心情的强烈对比，突出强化感伤的主题色彩，再以艳丽的辞藻和回环的结构出之，自不失直露，达到隐晦蕴藉的艺术效果。如李商隐《杜司勋》云："高楼风雨感斯文，短翼差池不及群。刻意伤春复伤别，人间惟有杜司勋。"以伤春来伤时、伤别、伤人。"高楼风雨"象征着混乱的政局；"短翼差池"象征壮志未遂；而第三句引杜牧之诗句点明题旨；第四句以感叹杜牧之才华，感叹自身，"惟有"二字，感慨颇深，诗坛寂寞，知音稀少，而又沉沦下僚，均可见于言外。

冯班《春分日有寄》云：

池塘狼藉草纷纷，日带嫣红露有文。刻意伤春春又半，可知愁煞杜司勋。

该诗不仅化用义山诗的诗句，亦用义山诗的诗意，表达忧国忧时的主题。全诗看似在漫不经心之间，戏笔书来，描绘一幅美丽的春分景象，然首句中狼藉的池塘和纷纷的乱草却不是春天应有的景象，而是以此不协调的景象象征着时局的动荡。"春又半""愁煞"既巧妙化用李商隐的诗句，又不为泥滞，并带出感伤的主题色彩。再看冯班的《林桂伯墓下》：

马鬣悠悠宿草新，贤人闻道作明神。昭君恨气苌弘血，带露和烟又一春。

首句写景言说春去春回，岁月常新；次句写事，英雄虽已离别，但化为神明常守左右，其精神和魅力永存；三、四两句用典感怀，连用王昭君被迫远嫁异族和苌弘被谤死后一腔热血化为碧玉的两个典故，既表达了对抗清英雄瞿式耜的崇敬与怀念，也表达了诗人如昭君般思念故国之心和如苌弘般对故国忠贞不渝之心。诗人的情思在写景、写事、用典中穿梭，结构回环往复，相互照应，包罗时间与空间的巨大跨度，以宿草、明神预示时间、空间以及心志的永恒，意味曲致绵长。然而从字面上看，只是淡淡写来，好像漫不经心，哪怕是写忧国忧时的巨大人生主题，亦选用马、草、露、烟等寻常意象，笔触极其空灵。

冯舒、冯班的诗歌在题材、艺术技巧和含蓄蕴藉等方面都对李商隐的诗作进行了学习与借鉴，而不如纪昀所讥"但取其浮艳尖刻之词为宗，实不知其比兴深微，用意曲折，运笔生动沉着，别有安身立命之处"①。米彦青在谈冯班对李商隐的接受时说："在冯班的诗中，对于用词的雕琢使诗歌有涵量，有深度，故而能以最少的字眼来换取最大的表现力。只是与义山诗相比，尽管文辞、声律上修整得十分工致，气度的安详与意象的浑融则稍有不及。"然而冯班诗作中又有很多诗引人称道："就在于诗人能够贴近历史来发挥想象，创造出了一种形象生动的史境。诗人把比兴、写景、用典自然地熔裁诗中，虽然表达的是具有政治色彩的美刺主题，但却能够写得蕴藉含蓄，辞采华美，绮艳整丽，充分体现了温李范式和绮丽风采。"②笔者亦以为然。

由于个人才力的限制，冯班"所作虽于义山具体，而堂宇未闳，每伤纤仄"③。故钱良择曾曰："钝吟诗，是以魏晋风骨，运李唐才调者。正如血衄汉玉，宝光溢露，非复近代器皿，然却是小小杯荦之属，而非天球重器也。……独精于艳体及咏物，无论长篇大什，非力所能办。凡一题数首，及寻常唱酬投赠之作，虽极工稳，皆无过人处。盖其惨淡经营，工良辛苦，固已极锤炼之能事。而力有所止，不能稍溢于尺步之外。殆限于天也。"然他又肯定了冯班学李商隐之精妙，曰："定远诗谨严典丽，律细旨深，求之晚唐中亦不可多得。……视李而逊一筹，视温则殆有过之无不及也。……近人诗都易入眼，钝吟诗却不易入眼；近人诗都不耐看，钝吟

---

① （清）朱庭珍：《筱园诗话》卷一，上海古籍出版社，1983。
② 米彦青：《论二冯对李商隐的接受》，《中国韵文学刊》2006年9月。
③ 徐世昌：《晚晴簃诗汇·诗话》，天津徐世昌退耕堂本。

诗却耐看。总之工夫深耳。"① 这些言论既指出了冯班诗歌的不足，又对他学李商隐的成就做出了极大的肯定。钱良择所言虽不为错，然应分而言之。冯班的诗歌当分为早期和晚期。其早期的诗歌多无太多的人生感慨和时代主题，而多为宴饮游玩之作，或可称为戏笔，难免"纤仄"。然诗人在这些诗作中锻炼了对于语言、字句、结构等的把捉能力，可以说冯班早期的诗歌创作，是诗人对"西昆派"乃至李商隐诗歌技巧学习和熟练的过程。后来，诗人经历了科举失利的巨大打击，又经历战争的洗礼和亡国的巨大悲恸，对人生、社会制度以及时代兴亡的感触更加深刻。诗歌的主题内涵亦发生变化，诗人开始慨叹自身的怀才不遇和忧国忧时。而在这两个主题的选择上，冯班与李商隐又近了一步。如果说冯班的早期诗歌主要是学习李商隐的诗歌技巧，与"西昆派"更加接近，那么在冯班诗歌创作的后期，他的心境与李商隐更加接近了。所以冯班的诗歌中既有对字词的锤炼、声律的修整、典故的繁用、结构的巧妙布置，又有很深沉的人生感慨，并能将这种人生感慨和诗歌技巧巧妙地融合，以创造一种含蓄蕴藉的艺术情思，达到与李商隐诗歌契合的审美状态。

---

① （清）冯班：《钝吟老人遗稿》，吴卓信临王应奎、钱良择、钱砚北评语，清康熙陆贻典刻本。

论何焯对冯班诗学的接受

　　冯班诗学以晚唐为宗，将取法晚唐的诗歌取向系统化、合法化，形成一个行之有效的理论体系，并聚集了一批风格取向相同之人相互唱和、切磋，创作了大量具有晚唐诗风的作品，从而使这种诗风得以持续化。冯班诗学于清代诗坛影响深远，然众多学者往往将冯班的影响局限在"虞山诗派"和吴乔、赵执信身上，而未注意到何焯。何焯不仅在诗学取向上延续冯班诗学走晚唐一路；而且其亦继承了冯班严谨的校勘态度和义理与考据相结合的评点方法；并评点《钝吟杂录》，于冯班诗学的推动居功至伟。下面本文就从这三个方面，论述一下何焯对冯班诗学的继承。

一　诗学理论的继承：倡导晚唐诗风

　　何焯对《李义山诗集》进行笺注，其《义门读书记》中收有《李义山诗集笺记》二百五十二题，既注重知人论世，阐发义山诗的篇章意旨，又注重论析诗歌的艺术特色、章法结构和语言特点等。卷首序文，表明了何焯对李商隐诗歌的看法和接受理念，曰：

晚唐中，牧之与义山俱学子美，然牧之豪健跌宕，而不免过于放，学之者不得其门而入，未有不入于江西派者。不如义山顿挫曲折，有声有色，有情有味，所得为多。冯定远先生谓：熟观义山诗，自见江西之病。余谓：熟观义山诗，兼悟西昆之失。西昆只是雕饰字句，无论义山之高情远识，即文从字顺犹有间也。义山五言出于庾开府，七言出于杜工部，不深究本源，未易领其佳处也。七言句法兼学梦得。①

何焯此段言论首先指出了杜牧与李商隐俱学杜甫，然杜牧过于粗放，学之不慎，易有"江西"粗疏之病；李商隐诗则曲折顿挫，声色、情味兼备，为学杜而得其精华者。接着，何焯紧承冯班之语指出，熟读李商隐诗即可见江西之粗疏，亦可知西昆之徒有辞采，进一步说读李商隐诗歌可以矫宋诗之弊。最后，何焯指出了李商隐的诗学渊源，五言学庾信，七言学杜甫和刘禹锡。何焯的三层论述，首先，既指出了李商隐的诗学渊源，又对比了晚唐的李商隐和杜牧，并指出了李商隐诗何以技高一筹的原因。其次，从"西昆"与"江西"的创作实际出发，指出了义山诗可以矫宋诗之弊。二冯兄弟虽然知义山诗远非"西昆"可比，然二人视"西昆"为李商隐诗歌的直接继承，又欲以"西昆"矫"江西"，故对"西昆"并未过多苛责。何焯则将连"西昆"在内的宋诗一并打倒，表现了更为明显的以义山为尊、倡导晚唐诗风的诗学理念。

在具体篇章的评点中，何焯通过分析义山的诗法，得出

---

① （清）何焯著，崔高维点校《义门读书记》，中华书局，2006，第1243页。

义山乃学杜而有得者。如《二月二日》："二月二日江上行，东风日暖闻吹笙。花须柳眼各无赖，紫蝶黄蜂俱有情。万里忆归元亮井，三年从事亚夫营。新滩莫悟游人意，更作风檐夜雨声。"[1] 何焯评曰：

> 两路相形，夹写出忆归精神。合通首反复咀咏之，其情味自出。《隋宫》《筹笔驿》《重有感》《隋师东》诸篇得老杜之髓矣。如此篇与《蜀中离席》，尤是《庄子》所云"善者机"。前半逼出忆归，如此浓至，却使人不觉，所谓"《国风》好色而不淫"也。其神似老杜处，在作用不在气调。[2]

义山诗既继承了杜甫的诗法，巧布篇章结构，妙用声律技巧和锤炼辞采等，又继承了杜诗关心社会、吟讽政治的现实精神，乃《小雅》之遗。《二月二日》诗，看似漫不经心，然江边行走，东风日暖，花、柳、蝶、蜂细致入目，"各"字，"俱"字转言，美景有情，于我无干。万里思归路，三年思归时。远别家乡，寄人篱下，新滩水声，风檐雨声，徒增惆怅耳。从笔法上，物景与人情形成反衬，景愈美，情愈切，相得益彰；从辞采上，浓妆艳抹，花、柳、蜂、蝶铺荡开来，妙用"各""俱"二字，逼出诗情；从用意上，句句言情，句句不离情，深沉浓挚。这些均是对老杜诗法的直接继承。

首先，义山诗的章法结构抑扬顿挫，得老杜真传。如《杜

---

[1] 文中所引李商隐诗，皆据刘学锴、余恕诚《李商隐诗歌集解》，中华书局，2004。
[2] 刘学锴、余恕诚：《李商隐诗歌集解》，中华书局，2004，第1204页。

工部蜀中离席》："人生何处不离群，世路干戈惜暂分。雪岭未归天外使，松州犹驻殿前军。座中醉客延醒客，江上晴云杂雨云。美酒成都堪送老，当垆仍是卓文君。"何焯评曰：

> 起句尤似杜。鲍令晖诗"人生谁不别？恨君早从戎"，发端夺胎于此。一则干戈满路，一则人丽酒浓，两路夹写出惜别，如此结构，真老杜正嫡也。诗至此，一切起承转合之法，何足绳之？然"离席"起，"蜀中"结，仍是一丝不走也。此等诗须合全体观之，不可以一句一字求其工拙。荆公只赏他次联，犹是皮相。①

又曰：

> 发端从休文《别范安成诗》变来。起用反喝，使曲折顿挫，杜诗笔势也。"暂"字反呼"堪送"，杜诗脉络也。"座中"句醒"席"字。末联美酒成都，仍与上醉酒云雨双关。②（《瀛奎律髓汇评》）

首联起用反喝，言人生有离合，又逢干戈之世，岂能不别离？道出分别之景。随后两联夹写，颔联承上写世路干戈：雪岭之使未归，松州之军犹驻。世事如此，岂能只顾友朋私情，而置水火于不顾？颈联起下写美酒云雨：送别宴席醉醒参半，江上云晴雨相柔。云雨尚且相糅不离，友朋又怎舍离别？尾联云蜀中亦有美酒，而当垆之女亦为文君，则当共此

---

① （清）何焯著，崔高维点校《义门读书记》，中华书局，2006，第1249页。
② 刘学锴、余恕诚：《李商隐诗歌集解》，中华书局，2004，第1172页。

流连，又岂堪轻言离别？四联诗起承转合运用无间，句句是别，句句是不忍。起用反喝；中间两联能承上启下，又两路夹写，首尾照应，前后互相点衬，离别之景、惜别之情排荡开来，既合起承转合，又能脱尽起承转合，得杜诗笔法之妙。

其次，义山诗妙用比兴寄托，以史讽今，继承了杜诗关心国家命运和揭露腐朽政治的批判精神，乃《小雅》遗风。如何焯评《南朝》"玄武湖中玉漏催，鸡鸣埭口绣襦回。谁言琼树朝朝见，不及金莲步步来。敌国军营漂木柿，前朝神庙锁烟煤。满宫学士皆颜色，江令当年只费才"，曰：

> 此篇亦非杨、刘所及。南朝偏安江左，不思励精图治以保其国，乃徒事荒淫。宋不戒而为齐，齐不戒而为梁，陈因梁乱而篡取之。国势视前此尤促，乃复不戒，而甘蹈东昏之覆辙如恐不及。且寇警天戒，俨然不知，安得不灭于隋乎？不特此也，前此宋、齐不过主昏于上，江左犹为有人，故命虽革，而犹能南北分王。至陈则君臣荒惑，一国俱在醉梦之中，长江天堑，谁复守之？落句深叹南朝由此终，无一豪杰能代兴者，非特痛惜陈亡也。①

前两联写宋、齐、梁、陈四代更迭之事，娓娓道来，省却很多繁词。"玉漏""绣襦""琼树""金莲"点出四代灭亡之根源，为荒淫误国也。"谁言""不及"跌宕有致，四代之沿革宾主自现。陈取三代之革，却不思三代之失，有过而

---

① （清）何焯著，崔高维点校《义门读书记》，中华书局，2006，第1246页。

不及。后两联君臣并写,君王昏庸,朝臣亦然,君臣同为醉生梦死,则国焉得不亡?而落句之言,犹发人深省,暗指此诗之言非仅陈之事也,可醒当世。李商隐的咏史诗借用历史笔法讽咏现实社会,为杜甫诗史精神的直接继承。

冯舒、冯班屡次言说,李商隐诗用意慷慨,其妙处在议论,若"专以巧句为义山,非知义山者也"①。何焯评义山诗继承了冯氏兄弟的观点,并多次征引二人的评语,如评《富平少侯》诗曰:"此诗刺敬宗。汉成帝自称富平侯家人。三四言多非望之滥恩,反斩不费之近泽。已苍云:犹谚所谓当着不着。"② 评《宫妓》诗曰:"定翁云:此诗是刺也。唐时宫禁不严,托意偃师之假人刺其相招,不忍斥言,真微词也。"③ 可以说,何焯在冯氏倡导的晚唐诗风的影响下,从艺术表现手法和诗意诗旨两个角度,论证义山为学杜而有所得者,深层挖掘义山诗的比兴意旨,进一步推进了李商隐及晚唐诗风在清代的传播与接受。

二 评点《钝吟杂录》

现存有关《钝吟杂录》的评点,主要有何焯评点《钝吟杂录》,上海图书馆藏张庆荣批《钝吟全集》,国家图书馆藏近藤元粹《萤学轩丛书》以及国家图书馆藏、南京图书馆藏的无名氏评本。张庆荣、近藤元粹以及无名氏的评点均属零星散语,不成系统。惟有何焯对《钝吟杂录》的评点,或补充史料,或纠失补偏,或多加肯定,对冯班的诗学、经学、

---

① 李庆甲:《瀛奎律髓汇评》卷三,上海古籍出版社,2005,第105页。
② (清)何焯著,崔高维点校《义门读书记》,中华书局,2006,第1255页。
③ (清)何焯著,崔高维点校《义门读书记》,中华书局,2006,第1256页。

书学均多有阐发，从中亦可看出冯班诗学对何焯的影响。

冯班以读书为第一要紧事，何焯亦强调读书的重要性。何焯曰："不读经则举业必庸猥，不涉史则后扬其墙面矣。经须讲而后明，喜言理义者，通经之阶也。望子弟之远大者，安能舍是以为教哉？"① 又曰："读书亦不可混为一途。经亦书也，史亦书也，诸子亦书也，释典亦书也，百家小说亦书也。宋儒不留心杂书，有之。为学第一事是读书，讲明义理，何为不以是为学？"② 何焯从不读经史的危害和书的分类出发，强调为学的第一件事就是读书。又卷四《读古浅说》冯班曰："读书不可先读宋人文字。"何焯批曰："吾辈科举人初见此语，必疑其拘恚，甚且斥为凡陋。久阅知书味，自信为佳。"冯班提倡读书，但不提倡读宋人文字，何焯亦佐语之。不过相比冯班之疾宋如仇，何焯的论说更平和一些："程、朱为学，必由读书讲明义理。惟陆学不尚读书耳。"③ 非宋代皆不好学，乃是心学不好读书耳。将宋代之学区别开来，显然比冯班一竿打倒的做法，要合理得多。

冯班论诗追求婉转蕴藉的艺术效果，何焯深表赞同。如《钝吟杂录》卷四《读古浅说》，冯班曰："凡人作文字，下笔须有轻重。论贤人君子，虽欲纠正其谬误，词宜宛转；若信小人奸贼，不妨直骂。今之作古文者，多不理会。先君子教人作古文云：'但熟看《春秋》，便知一字轻下不得。'后曾与徐良夫言此，则云不必，且引苏子瞻为证。不知此正是苏文字不好处。不惟子瞻，唐人已有此病。"何焯批云："有

① （清）冯班：《钝吟杂录·家戒上》，《借月山房汇抄》本。
② （清）冯班：《钝吟杂录·家戒下》，《借月山房汇抄》本。
③ （清）冯班：《钝吟杂录·家戒上》，《借月山房汇抄》本。

根本之言，冯氏一家诗笔之学。其渊邃乃至此。"虽然只是简短的两句话，但"根本""渊邃"已是对冯班诗学的极大肯定。

冯班作《严氏纠谬》对严羽诗学多加辩驳，何焯亦持其说。冯班曰："自宋末以来，大抵多为所误。《诗人玉屑》开卷即载其诗评，不待王、李也，攻之极当。钱牧翁作《唐诗英华序》亦采其大略，然不若此核论，未足祛后学之惑也。"① 冯班纠严羽之以禅喻诗，曰："刘后村有云：'诗家以少陵为祖。其说曰：语不惊人死不休。禅家以达摩为祖。其说曰：不立文字。诗之不可为禅，犹禅之不可为诗。'此论足使羽卿辈结舌。"② 然而，何焯并不盲目遵奉冯班之言，对冯班论说中有失偏颇之处，亦加以矫正。如冯班说："永明、天监之际。"何焯批曰："梁武代齐，岁在壬午，以天监纪年者十八年。庚子改元普通，丁未又改大通，三年辛亥，昭明太子薨，立简文帝为皇太子。时徐擒为家令，属文好为新变，不拘旧体，春坊尽学之。'宫体'之号，自斯而始，则距天监已逾一终矣。不得谓天监以后独行也。况永明哉！"③ 何焯从史证的角度，指出了冯班以永明产生于天监之际的错误。

何焯对冯班的诗体论，亦多有阐发。如冯班反对赞、祝、铭等为诗，何焯亦曰："《易林》既可以为诗，则《参同契》多以四言、五言成文，亦是诗矣。"（卷三《正俗》）又如，冯班曰："唐人律诗，亦是乐府。"何焯批云：

---

① （清）冯班：《钝吟杂录·严氏纠谬》，《借月山房汇抄》本。
② （清）冯班：《钝吟杂录·严氏纠谬》，《借月山房汇抄》本。
③ （清）冯班：《钝吟杂录·严氏纠谬》，《借月山房汇抄》本。

大历以前，人沿齐、梁之体，五言律诗多用乐府古题。唐季则有以乐府题作七言律诗者，秦韬玉《紫骝马》，胡曾、沈彬《塞下曲》诸篇是也。又白集王右丞"秦川一半夕阳开"为《想夫怜》第（原文为"弟"）二句，则唐人律诗，亦有不必古题而入乐者，大抵只不犯八病者，便可歌之以被管弦矣。白公《听歌六绝句》，在第三十五卷。耿纬已有《塞上曲》七言四韵律诗。又有乐府古题作七言二韵小律者，汪遵之《战城南》《鸡鸣曲》是也。①

随着时代的变革、声律的改变和古乐的消亡，加之诗、赋、乐府三者之间的相互影响和融合，三者之辨越发迷离难索。故冯班打破壁垒将三者统一起来，廓清了长期以来隔于三者之间的屏障，给诗体带来了一次彻底的解放。何焯则补充文献加以佐证冯班的论点，使冯班的论说更加充分。

冯班《钝吟杂录》中还有很多论做人之道合有关书法的论条，何焯亦多加肯定、阐发，由于本文只以诗法为主，于此就不作详论了。

综之，何焯对冯班的诗学、书学、经学等均有不同程度的继承和肯定。何焯对《钝吟杂录》的评点或肯定或纠偏，对研读此书确有很大的参考价值。现在通行的《借月山房汇抄》《指海》《丛书集成初编》等丛书本皆录有何焯的评点。

三　对评点方法的继承

何焯喜藏书，酷校书、评书，冯班抄、校的很多书籍曾

---

① （清）冯班：《钝吟杂录·正俗》，《借月山房汇抄》本。

为之收藏，如冯班校本《白莲集》《贾浪仙长江集》等，往往称善，卢文弨《抱经堂文集》卷十三引何焯之语，曰："明海虞冯钝吟有评本，长洲何义门得之，称善。其字句洇远出俗本之上。"何焯又常在冯班校书的基础上加以校勘，补正冯班校书的疏漏。而且何焯评书，尝引冯舒、冯班之评语，如何焯评《史记》引冯班评语五十三条，评《李义山诗集》引二冯评语十三条。何焯不惟重视二冯抄、校、评本中的思想和观点，其校评态度、方法等亦深受二冯的影响。

第一，勤奋、严谨的校勘态度。

冯兄弟致力于古籍的抄录和校勘工作，除《才调集》《瀛奎律髓》两评本外，二冯尚有《文心雕龙》《王建诗集》《西昆酬唱集》《白莲集》《玉台新咏》等多部抄、校本传世。二冯校书非常勤奋，饱经战乱，仍抄、校书而不辍。冯舒在躲避兵乱之时，抄写了《近事会元》五卷、《汗简》七卷，校勘《重勘嘉祐集》十五卷，其在生命岌岌可危之时，尚历时四载，据柳金影抄宋写本和谢耳伯所见之宋本校勘《水经注》四十卷。而且二人非常重视版本的选择，尤重宋元善本，经常历时几载，搜寻多本以校同一部书。如《玉台新咏》一书，冯班于己巳（明崇祯二年，1629）冬抄录，并于壬申（明崇祯五年，1632）春、己丑岁（清顺治六年，1649）先后两次校定，历时二十载，皆以宋本为正。冯舒以谢耳伯校本和《太平御览》校定校勘《文心雕龙》，校语短者列之行间，校语长者书之简端，不毁钱功甫抄本原貌。二冯校勘态度严谨，多列异同，少下断语，一般不轻易妄改古书，故二人的校勘真实，可信度高，故冯氏抄、校本被藏书家视为至宝。

而何焯校书之勤，更是堪称佳话，其在狱其间，仍是校评不辍，成为学界美谈。何忠相称何焯："性最勤，日坐语古小斋中，丹铅不去手，蝇迹细楷必谨，舟车南北，未始一晷辍，其苦心如此。"① 不惟平日校书至勤，舟车劳顿之时，亦是书不离手。何堂又称何焯："无日不从事古书，口不绝吟，手不停披，简端行侧，丹黄错杂，于以发先哲之精义，究未显之微言，而又考订校雠，不捐细大。"② 蒋元益亦云："先生储书数万卷，丹铅不去手，所发正咸有义据，其大在知人论世，而细不遗草木虫鱼。识者叹其学问殚洽不让王厚斋，非郑渔仲辈所可几。"③ 何焯校、评书不论巨细，往往引史据典，考证核实，不妄下断语，所云皆有根有据之言，亦具有很认真的校勘精神。傅增湘《藏园群书题记》亦云：

　　义门勘正群书，致力甚勤，生平所见不下数十百帙。其巨编流传者，如《文苑英华》一千卷藏沧州刘仲鲁家，《津逮秘书》十六集藏丰顺丁雨生家，其余若《元丰类稿》、《苏子美集》、《唐人选唐诗》八种、《中州集》，咸移录副本。敝箧所藏则有《史通》《文心雕龙》《李翰林别集》《元氏长庆集》《温飞卿集》，皆精审可诵。……义门既以校勘名家，一时名卿巨儒争相推诩。如乾隆三年诏重刊经史，方苞曾上疏，言何焯曾博访宋板，校正《两汉书》《三国志》，乞下江苏巡抚，向其家索取原本。

① （清）何焯著，崔高维点校《义门读书记》，中华书局，2006，第1288页。
② （清）何焯著，崔高维点校《义门读书记》，中华书局，2006，第1285页。
③ （清）何焯著，崔高维点校《义门读书记》，中华书局，2006，第1289页。

可知其校勘精审，正定可传，已赫然上彻帝听矣。①

　　何焯校勘之书，仅傅增湘所见者就不下数百帙，可见其用力之勤，而且其校勘古书，精审可诵，并上至帝听。如校陆机《吴趋行》"泠泠祥风过"句曰："'祥'当作'鲜'。江淹《杂拟》、许征君《自序》诗注中引此句，作'鲜风'，今考之《乐府》及《吴郡志》皆作'鲜'。"② 其引《乐府》《吴郡志》以及江淹的诗和许征君的序作旁证，"祥"当作"鲜"，可谓精审之至。以至于傅增湘校《后山集》欲寻何焯手校本而不得，仅得临本，曰："不见中郎，得见虎贲，亦慰情于聊胜矣。且《后山集》得此以正谬存真，又不仅名家遗迹之足珍矣！元方其善守之。"③ 虽然以不得何焯校勘《后山集》原本为憾，然得之临本，亦十分可贵。傅氏对何焯校本的临本尚且珍视至此，可见何焯校本之精审。

　　第二，以评点本授之诸生，作为学诗之门径。

　　《四库全书总目》卷一百八十一《冯定远集》提要云："故《才调集》外，又有《玉台新咏》评本，盖其渊源在二书也。"冯武《二冯先生评阅才调集·凡例》曰："两先生教后学，皆喜用此书，非谓此外者无可取也。"冯氏兄弟教人作诗，喜用《玉台新咏》和《才调集》并评点《才调集》和《瀛奎律髓》以指导后学。后代学人则抄录、刊刻二冯评校本以求学问，汪文珍曰："近日诸家尚韦縠《才调集》，争购海

---

① 傅增湘：《藏园群书题记》，上海古籍出版社，2008，第 624~625 页。

② （清）何焯著，崔高维点校《义门读书记》，中华书局，2006，第 923 页。

③ 傅增湘：《藏园群书题记》，上海古籍出版社，2008，第 699 页。

虞二冯先生阅本，为学者指南车，转相摹写，往往以不得致为憾。"① 二冯评点的《才调集》已然成为学者的教科书。

蒋元益《义门读书记》序云："先生门下士著录者千余人，自先大夫外，惟陈丈少章、季方、金丈来雍等得窥精要，共相参稽，故吾家尤存先生手书几帙，其余俱系先大夫所手录。"② 傅增湘亦曰："义门弟子如沈宝砚严、蒋子遵杲、金梧亭凤翔诸人传校师门诸书，余咸有之，用笔率依仿其体，而秀逸俊丽之致终不能逮诸生。"③ 门徒学义门的途径正在于著录、模仿何焯的评点。而后代学者亦以抄录、刊刻这些评校本作为求学的途径，是以何焯校评的《后山集》《中州集》《唐贤三体诗句法》等被广为抄录、刊刻。

第三，采用考据与阐释相结合的评点方式，并以评点构建诗学理论，使评点脱离明以来随意的感性领悟形式，开启了清代"义理、考据、辞章"的先河。④

冯氏兄弟二人将严谨的校勘精神带入诗歌的评点中来，评点之中不时夹杂对诗歌字词的考辨，有理有据，多发深省。前文已经言明冯氏校书一般只校不改，然二人校书除了对校，又有理校与本校穿插在二人的诗歌评点中，多现个中玄机。如《才调集》韦应物《西涧》诗"上有黄鹂绕树鸣"，冯舒校曰："'绕'字上下映发，若作'深'，则幽草深树，便嫌犯重。"从前后字的对照来看，"深"字与"树"字犯重，不

---

① 《二冯先生评阅才调集》，汪文珍跋，清康熙四十三年垂云堂刻本，中国国家图书馆藏。
② （清）何焯著，崔高维点校《义门读书记》，中华书局，2006，第1289页。
③ 傅增湘：《藏园群书题记》，上海古籍出版社，2008，第623页。
④ 朱秋娟：《何焯诗歌评点之学刍议——以何评义山诗为例》，《江南大学学报》（人文社会科学版）2008年12月。

如"绕"字清妙。冯舒校王维《送元二使安西》之"客舍青青杨柳春"曰:"'杨柳春'妙于'柳色新'多矣。"从义理的角度而言,"杨柳春"较之"柳色新"意境要高。冯班校李廓《长安少年行十首》之四"好胜耽长夜"云:"'长夜'《文苑英华》作'长行'。'长行'是唐人戏名,不知者改'夜'字。"乍看"长夜"似通,然冯氏一语,道破个中玄机,乃知应为"长行"也。

又如,贾岛《述剑》:"十年磨一剑,两刃未曾试。今日把示君,谁有不平事。"冯舒校曰:"'两'今作'霜','两'字胜。本集'有'作'为','为'更胜。"冯班校曰:"'为'字妙,'谁为不平'便须煞却,是侠概;'谁有不平',与人报仇,是卖身奴。"① 此论已经摆脱了单纯论定是非的模式,带有很深的阐释味道,既不同于明代的随意点评的空疏学风,又不仅仅停留在考证的层面上,而是考证中有阐释,阐释中有考证。

卢文弨《抱经堂文集》卷十三曾肯定冯氏兄弟校《长江集》的功绩,曰:"明海虞冯钝吟有评本,长洲何义门得之,称善。其字句洵远出俗本之上。如云:'十年磨一剑,霜刃未曾试。今日把似君,谁为不平事。'今本作'谁有不平事',钝吟云:'谁为不平',便须杀却,此方见侠烈气概。若作'谁有不平'与人报仇,直卖身奴耳。一字之异,高下悬殊,旧本之可贵类如是。余得其本,因临写之,欲令后生知读书之法,必如此研校,而后古人用意之精,可得也。"② 《四库

---

① 冯舒之语,出自《二冯先生评阅才调集》;冯班之语,引自冯班校,明张敏卿抄本《贾浪仙长江集》,中国国家图书馆藏。
② (清)卢文弨:《抱经堂文集》,中华书局,1990,第182页。

全书总目》之《长江集》提要亦曾引冯氏校语，曰："集中《剑客》一首，明代选本末二句皆作'今日把示君，谁有不平事'。惟旧本《才调集》'谁有'作'谁为'。冯舒兄弟尝论之，以'有'字为后人妄改。今此集正作'谁为'，然则犹旧本之未改者矣。"① 冯氏兄弟以宋本宋刻《长江集》"谁为不平事"，校俗本"谁有不平事"，已然成了后世论定《长江集》版本优劣的一个重要依据。

《四库全书总目》卷一百三，又以冯班校语论定《外台秘要》，曰：

> 衍道刻此书，颇有校正，惟不甚解唐以前语与后世多异。如痫门称"疗痫稍较"，衍道注曰："较"字疑误。考唐人方言以"稍可"为"校"，故薛能《黄蜀葵》诗，有"记得玉人春病校"句，冯班校《才调集》辨之甚明。衍道知其有误，而不知"较"为"校"误，犹为未审。②

冯氏兄弟轻易不校改古书，然其出校者必言之有据。正是这种严谨、精审的校勘态度，才使二冯校书的可靠性更高，故而后人校书时常引用之，作为判定版本优劣和校勘精粗的依据。二冯将考证之学融进阐释学中，纠正了明代随意阐释不重视考据的空疏学风，开启了清代朴学重考据之风。

何焯作为清代的朴学大师，亦重视考据之法。"其校书自核定版本异同外，多随文评骘，益以标点，颇沿明季批尾之

---

① （清）永瑢等：《四库全书总目》，中华书局，2008，第 1292 页下。
② （清）永瑢等：《四库全书总目》，中华书局，2008，第 859 页下。

习，为大雅所不尚。然取其精要，摘其瑕颣，览之心目开朗，要于诵习为便，是又乌可废耶！且其征引古来类书、总集，旁稽博辩，已开乾隆以来考订之风，视茅、孙、钟、谭迥不侔矣。"① 何焯之评点亦将考据与阐释相结合，旁征博辩，言之有据，并多从知人论世的角度，阐发诗的义理。

如何焯评《中州集》多采《归潜志》《金史》之记载，交代作者生平，考证作诗年代，解释诗中词旨等。卷四刘中《冷岩公柳溪》诗曰："《金史·孟奎传》平章政事完颜守贞礼接士大夫在其门者，号'冷岩十俊'。"不知此事者，恐难知"冷岩"之意，经何焯引史之记载，则晓然明了。又师拓《陪人游北苑》诗小注曰"甲子岁"，何焯引《金国志》曰："西至玉峰门曰同乐园，若瑶池、蓬瀛、柳庄、杏村尽在于是，观后语，殆贞祐间诗也。"② 通过《金国志》的记载，考证此诗当作于贞祐年间非甲子年。

又如何焯评陆机《悲哉行》"伤哉游客士"句，曰："'游客'，《乐府》作'客游'。然似与发端'游客'二字相应也。按，宋本亦作'游客'。"③ 从诗地位前后照应的角度，肯定宋本之确。评陶渊明《杂诗》"悠然望南山"之句曰："'望'，一作'见'。就一句而言，'望'字诚不若'见'字为近自然。然'山气''飞鸟'皆望中所有，非复偶然见此也。'悠然'二字从上心远来，东坡之论不必附会。"④ 从诗的意境上言，"见"字不如"望"字精妙。何焯将考据与义

---

① 傅增湘：《藏园群书题记》，上海古籍出版社，2008，第 624 页。
② （清）何焯校评《中州集》，明毛氏汲古阁刊本，中国社会科学院文学所藏。
③ （清）何焯著，崔高维点校《义门读书记》，中华书局，2006，第 923 页。
④ （清）何焯著，崔高维点校《义门读书记》，中华书局，2006，第 932 页。

理融合，而不是单纯地校定是非，既注重字词的版本，又重视篇章意境的表达。

何焯在揭示李商隐的微言大义时，常将考据与阐释结合起来，如何焯评《井络》诗云："此篇若作于元和初，刘辟据蜀之后，更有关系。在义山之世，止当赋杜元颖、悉怛谋两事也。"① 何焯从"阵图东聚燕江石，边柝西悬雪岭松"两句考察出东川、西川之意，联系史事，推出创作年代及所讽元颖、悉怛之事。

何焯继承冯氏评点之法，既重视字词的考据，又注重义理的阐发，并使二者相得益彰，揭示了诗歌的本事，并从知人论世的角度准确地揭示诗歌的深层意旨，而避免穿凿附会。

"二冯诗学的学术特征，即从文本的校勘、辑佚、考订入手，由文本研究推广到诗史研究，通过诗史研究和选本评点来表达自己的诗歌观念"②，并以评点本授之诸生，作为学诗之门径。然而后学往往将文本研究和诗学研究割裂开来。有清一代惟有何焯很好地继承了冯氏之学，既延续了二冯尊奉的晚唐诗风，又对冯班的诗学理论著作《钝吟杂录》进行了细致有理的评点，为研读冯班诗学提供了很大帮助，并继承了冯氏以文本为中心，重视考据与义理的校勘方法，将文本批评与诗学理论很好地融合起来，作为指导后学的工具。可以说何焯的诗学宗尚、诗学途径和方法均是延承冯氏一脉而来，并使之发扬光大。

---

① （清）何焯著，崔高维点校《义门读书记》，中华书局，2006，第 1263 页。
② 蒋寅：《虞山二冯诗歌评点略论》，《辽东学院学报》（社会科学版）2008 年 12 月。

论冯班对文学总集的整理及其学术贡献

一 冯班对文学总集的整理

冯班（1602～1671）字定远，又字钝吟、钝吟老人，号二痴，今江苏常熟人。常熟属吴国旧地，为吴文化的重要组成部分。自明代以来人才辈出，在诗文领域，以钱谦益为首的"虞山诗派"，为清初三大流派之一，影响至近代不绝；在戏曲创作领域，出现了徐复祚、黄庭俸、孙柚、周昂、丘园等大家，创作了很多脍炙人口的剧作；在绘画领域，宋代黄公望开创了山水画之浅绛、水墨两格，清代的"画圣"王翚开创了"虞山画派"，培育了一代又一代的书画大家；在音乐领域，"虞山琴派"盛行一时，为中国琴史五大流派之一；而常熟的藏书之富更是闻名海内，赵氏（赵用贤、赵琦美）脉望馆、钱谦益绛云楼、毛氏汲古阁、钱曾述古斋、瞿氏铁琴铜剑楼庋藏富假天下。富赡的藏书丰富了虞山的文化底蕴，各种古本、善本的收藏为文学风气的形成奠定了坚实的物质基础。钱谦益、毛晋、冯班、叶树廉等编纂、抄录、批注、刊刻的诗歌总集、别集以其版本之善、校勘之精在明清文坛占据重要席位。而藏书家之间的互通有无，不仅仅能保存文献，更能相互交流，嘉惠后学，传播某种特定的诗学主张。

受地域环境和家学环境的影响，冯班嗜好藏书、抄书、校书，尤好宋元善本。冯班抄本以其底本之善、抄校之精为明清藏书家争相收藏。叶德辉《书林清话》云："明以来抄本书最为藏书家所秘宝者，……曰冯抄，常熟冯已苍舒、冯定远班、冯彦渊知十兄弟一家抄本也。"① 他将冯班抄本列为明清以来最为藏书家珍视的十二家抄本之一。冯班批校整理古籍甚多，② 惜有些已经散佚，无从得见。笔者所见冯班整理的文学总集主要有：《玉台新咏》（抄校）、《西昆酬唱集》（抄校）、《才调集》（评点）和《瀛奎律髓》（评点）。下面就总述冯班对四部文学总集的整理情况及冯班抄校本的版本价值。

冯班抄、校文学总集时很注重底本的选择，一般用旧本（以宋元善本为主）校勘通行本或手抄本。如：冯班抄本《玉台新咏》乃据赵灵均所藏宋刻本抄录；冯班参以校订沈春泽刻《才调集》的诸本中，钱复正抄本、赵清常抄本、朱文进藏残宋本均源于宋刻书棚本；冯班抄本《西昆酬唱集》乃

---

① 叶德辉：《书林清话》，上海古籍出版社，2008，第206~208页。
② 据瞿冕良《中国古籍版刻辞典》，冯班抄本主要有：《列仙传》二卷续一卷、《文心雕龙》十卷、《玉台新咏》十卷、《许丁卯集》二卷续集二卷、《重刊校正笠泽丛书》四卷补遗一卷续补遗一卷、《白莲集》十卷、《风骚旨格》一卷、《西昆酬唱集》二卷等。（参见陈望南《海虞二冯研究》，中山大学出版社，2010，第53~55页）笔者所见冯班校勘的古籍除瞿氏所录之外，尚有《贾浪仙长江集》《李元宾集》《史记》等。冯班评点的古籍主要有《才调集》《瀛奎律髓》。学界以为冯班亦评点过《中州集》，笔者考证为后人将何焯评语错认为冯班所作。

据抄自宋本的钱功甫抄本抄录，又经叶万、何煌等校定，成为后世翻刻的祖本。

冯班校勘态度非常严谨，其抄、校本大都很好地保存了原本的面貌，往往为诸家所重视，并争相传录、收藏。冯班抄、校文学总集时都很谨慎，一般只列异文于眉端或行间，只有确认有误者才在原字上轻笔改写，很少重笔涂抹，较好地保存了原本的面貌。如冯班抄本《玉台新咏》借录于赵灵均所藏宋刻本，因宋刻本讹谬甚多，其抄录后数次以赵藏宋本和赵刻本校勘，但赵氏所刻非依宋本，所改得失相半。故冯班两存之，不敢妄断，并对宋本的讹谬、缺失等存疑之处，悉加盖"宋本"图章以示疑而不论，较好地保存了宋本的原貌。① 程琰曰："灵均赵氏仿宋椠板，虞山二冯校正之，最为善本。"钱孙艾曰："定远此本甚善，较之茅、袁两刻之谬，可谓顿还旧观矣。"②

冯班所校之书，往往都是从朋友之处索借而来，有时一书甚至索借多本进行校勘，而且又经常与亲友同时抄校一部书。

冯班自明万历四十五年至清顺治六年，历时三十二载致力于《玉台新咏》版本的搜集、抄录、校勘和圈点工作。其于明崇祯二年（1629）春闻有宋刻于赵灵均处，于是是年冬与兄冯舒一行六人一同去赵灵均处抄录宋刻，回来后又重录一本，后又先后于明崇祯五年（1632）和清顺治六年（1649）借宋本校勘。其弟冯知十并录一本。是以冯舒、冯

① 谈蓓芳《〈玉台新咏〉版本补考》（《上海师范大学学报》（哲学社会科学版）2006 年第 1 期）肯定了冯班抄本的学术价值，称其最接近宋本原貌。
② 转引自（陈）徐陵编，（清）吴兆宜注，（清）程琰删补，穆克宏点校《玉台新咏》，中华书局，1985，第 542 页。

班、冯知十三人皆抄录过《玉台新咏》：冯舒抄本乃六人合抄之本，现散佚；冯班抄本为冯班据六人合抄本抄录并据宋本先后校订两次；冯知十抄本不知是否亦是据六人合抄本抄录，现散佚，但翁心存影冯知十抄本尚存，亦可知其面貌。而冯班抄本和翁心存影冯知十抄本除个别失误外，两本基本相同，可以互证，成为我们搜寻宋本原貌和判定其他版本优劣的一个有力证据。

《才调集》向少刻本，万历间邑中沈春泽始付之梓，原本虽不甚伪，惜"为不知书人铲改，殆不可读"，① 伪谬实甚。于是冯舒、冯班先后访得皆出自宋临安陈氏书籍铺本的"华亭徐文敏家、江右朱文敬中尉家宋刊残本，钱复真（又作伏正、复正）、焦弱侯、赵清常、孙研北四家抄本"，用以校勘沈春泽本，匡谬正伪。

冯舒于万历三十五年（1607）借得孙研北抄本，崇祯壬申（1632）借宋本前五卷和徐玄佐本后五卷，并于明崇祯八年乙亥（1635）从钱谦益处借得焦竑写本，先后校正了沈春泽本。冯班于崇祯壬申（1632）从钱谦益处借得徐玄佐抄本，戊寅（1638）从叶奕处得钱复正重装残宋抄本，此本中间脱失一页，徐本此页亦脱。遂于同年十月据赵清常抄本（存后四卷）补录。同年冬又借得朱文进藏宋刻残本，虽缺第八卷，然有第九、第十卷。冯班遂据钱重装本、赵清常抄本、朱藏宋刻残本校补完徐玄佐本，并命人重新书写，不仅先后"改正沈刻至千余字"，还补缺文，使《才调集》"俾臻完善"。②

又冯舒、冯班曾先后评阅过《瀛奎律髓》：冯舒先后两次

① 《二冯先生评阅才调集》钱龙惕跋，清康熙四十三年垂云堂刻本。
② 傅增湘：《藏园群书题记》，上海古籍出版社，2008，第945~946页。

评阅《瀛奎律髓》，终稿完成于清顺治六年（1649）四月二十八日，同年九月二十九日诬死于狱中；冯班于冯舒死后二年，即顺治八年（1651）亦开始评校《瀛奎律髓》。两兄弟之评点虽时隔两年，而手眼高低自同，其中的某些言论不失为学诗者入门之要，所以二冯评本于清代流传甚广。

冯班的跋语常可作为判断版本源流的重要依据。如冯班记录了《玉台新咏》的版本情况，曰："是书近世凡有三本：一为华亭杨玄钥本，一为归安茅氏本，一为袁宏道评本。归茅、袁皆出于杨书，乃后人所删益也。"[1] "华本视五云溪馆颇有改易，为稍下矣。然较之杨、茅则尚为旧书也。"[2] "宋刻讹谬甚多，赵氏所改，得失相半，姑两存之，不敢妄断。至于行款，则宋刻参差不一，赵氏已整齐一番矣。"[3] 以此为线索，可知《玉台新咏》除赵灵均处所藏宋刻和孙氏所藏五云溪馆活字本外，近世有华亭杨玄钥本、归安茅氏本、袁宏道评本和赵灵均翻宋刻本。五云溪活字本要早于华亭杨玄钥本，可能是杨本之祖，华亭杨玄钥本虽对五云溪活字本稍有改易，然仍早于归安茅氏本和袁宏道本。赵均刻本虽为翻宋刻本，但有所改动，未依照宋本原貌。冯班肯定了五云溪活字本的价值，而对赵均刻本提出质疑，这为我们判断《玉台新咏》的版本流传提供了重要的参考依据。

二　冯班对文学总集的择取

冯班整理的古籍数量颇丰，涉及经、史、子、集四部，

---

[1]　（清）冯班：《玉台新咏跋》，崇祯二年冯班抄本，中国国家图书馆藏。
[2]　（清）冯班：《玉台新咏跋》，崇祯二年冯班抄本，中国国家图书馆藏。
[3]　（清）冯班：《玉台新咏跋》，康熙五十三年冯鳌刻本，中国国家图书馆藏。

然《玉台新咏》《西昆酬唱集》《才调集》《瀛奎律髓》这四
部文学总集是其特别重视而且用力最勤的，这和他的诗学宗
尚是分不开的。冯班"自束发受书，逮及壮岁，经业之暇，
留心联绝。于时好事多绮纨子弟，会集之间，必有丝竹管弦，
红妆夹坐，刻烛擘笺，尚于绮丽，以温、李为范式"①，致力
于晚唐、西昆诗风的复兴。其为诗"沉酣六代，出入于义山、
牧之、庭筠之间"②，"艳句生香，名言掇秀，命意曲而取致
婉，涵旨远而吐藻芳"③，"敦厚温柔，秾丽深稳，乐不淫，
哀不伤，美刺有体，比兴不坠"④。故冯班在这四部文学典籍
的选择上带有明显的唐、宋对比的态势：《玉台新咏》《西昆
酬唱集》《才调集》为晚唐、西昆一脉；《瀛奎律髓》则为宋
诗的代表。冯班通过唐、宋两种诗风的对比，将晚唐诗风视
为盛唐诗风的延续，以唐诗的典范地位，抬高晚唐诗风的地
位，从而阐述其尊体晚唐的诗歌取向。

一方面，冯班通过对《玉台新咏》《西昆酬唱集》《才调
集》的评点校勘，确立李商隐及西昆体的诗歌地位，云："杜
子美上承汉魏六朝、下开唐宋诸大家，固所云集大成者也。
元、白、温、李自能上推杜之所学，故学杜而得其神似。"
(《瀛奎律髓汇评》卷一评杜甫《登岳阳楼》) 杜甫为古代诗
歌之集大成者，元稹、白居易、温庭筠、李商隐四家皆得杜
之精髓，特别是"义山本出于杜，'西昆'诸君学之而句格

---

① （清）冯班：《钝吟老人遗稿·同人拟西昆体诗序》，清康熙刻本，中国国家图
书馆藏。
② （清）钱谦益：《冯定远诗序》，《钝吟老人遗稿》，清康熙年间刻本，中国国家
图书馆藏。
③ （清）孙永祚：《冯定远诗序》，《孙雪屋文集》抄本，中国国家图书馆藏。
④ （清）陆贻典：《冯定远诗序》，《钝吟老人遗稿》，清康熙年间刻本，中国国家
图书馆藏。

浑成不及也。'江西派'起，尽除温、李，而以粗老为杜，用事琐屑更甚于'昆体'。王半山云：'学杜者当从义山入'，斯言可以救黄、陈之弊"。（《瀛奎律髓汇评》卷三十九评李商隐《夜饮》）冯班还通过对《才调集》的评点，围绕美辞秀致和风雅比兴两大主题，系统阐释作诗之法，从而树立晚唐诗风的正统地位。

首先，美辞秀致。冯武曰："盖诗之为道，故所以言志，然必有美辞秀致而后其意始出。若无字句衬垫，虽有美意亦写不出。于是唐人必先学修辞而后论命意，其取材又必拣择取舍，从幼读《文选》《骚》《雅》、汉魏六朝，然后出言吐气，自然有得于温柔敦厚之旨，而不失《三百篇》遗意也。"① 冯武提出了诗歌的两条标准："美辞秀致"和"温柔敦厚之旨"。而在这两个标准中，只有"美辞"先行，美意才能后出，极力抬高了"美辞"的地位。冯班则从诗歌革新的角度指出："'昆体'壮丽，宋之沈、宋也。开国之文必须典重。徐、庾化为沈、宋，温、李化为杨、刘，去其倾仄，存其整赡，自然一团元气浑成。李、杜、欧、苏出而唐、宋渐衰矣，文章之变，可征气运。"② 徐陵、庾信艳体诗，乃诗歌变革之先导，为盛世之音之的前兆。而晚唐之温、李，犹若齐梁之徐、庾，亦是诗歌变革之先行军，"西昆诗派"可比初唐四杰，为盛世之音的开创者，将美辞秀致提升到可征国运的象征之位。

其次，风雅比兴。冯班在"美辞"先行的前提下，又注重儒家传统诗教，讲究风雅比兴，追求温柔敦厚，并从诗歌

---

① 《二冯先生评阅才调集·凡例》，清康熙四十三年垂云堂刻本，中国国家图书馆藏。
② 李庆甲：《瀛奎律髓汇评》卷二，上海古籍出版社，2005。

继承的角度指出："诗妙在有比兴，有讽刺。《离骚》以美人喻君子，国风好色而不淫是也。"① 而古今诗人继承讽刺比兴传统者，李商隐当属其一，"唐香艳诗必以义山为首，有妆里，意思远，中间藏得讽刺"②。李商隐继承了诗教的比兴传统，集萃了先秦汉魏、六朝、唐代诗歌之精华，是风雅比兴之义的传衣钵者，故诗歌当以李商隐为尊。

冯班在诗歌的评点和创作中也一直试图将美辞秀致和风雅比兴相融合，于是其赋予"美辞秀致"以"温柔敦厚"的儒家外壳，以达到艳而不靡、怨而不怒、讽而不露的绝佳状态。

另一方面，冯班通过对《瀛奎律髓》的评点，系统批评"江西诗派"如陈简斋、曾茶山亦专学杜，虽稍有神似之作，然未能深晓杜诗之源流，失之粗硬，徒有其貌而失其神，并总结"江西"学杜五点之失。

第一，"江西"学杜，不读齐梁之作，未晓杜诗之源流。如陈师道"效杜之极，然未肖也。杜诗对结，是南北朝格法，须声文俱尽始妙。后山自杜以上都不解，往往结不住。以为学杜，正在皮膜之外也"。(《瀛奎律髓汇评》卷十七评陈师道《暑雨》) 杜诗乃唐及唐以前诗歌之集大成者，故学杜应知杜诗之渊源，由唐而导汉、魏、齐、梁方为正路。黄、陈诸人只学子美，而不晓杜之源流，不读齐梁诗，缺乏杜甫等盛唐诗人从魏、晋、齐、梁所涵养出来的细腻功夫，"不欲推原见本，上下前后有所不究"(《瀛奎律髓汇评》卷一评杜甫《登岳阳楼》)，故只学其皮毛。

---

① 李庆甲：《瀛奎律髓汇评》卷七，上海古籍出版社，2005。
② 李庆甲：《瀛奎律髓汇评》卷七，上海古籍出版社，2005。

第二，杜诗风格多变，"江西"独取其瘦硬聱牙一格。首先，"以枯淡瘦劲为杜，所以失之千里，此黄陈与杜分歧之处。不枯、不淡、不瘦、不劲，真认差也。如此学杜，岂不敛手拊心？"（《瀛奎律髓汇评》卷四十二评陈后山《寄外舅郭大夫》）杜甫乃中国古代诗歌的集大成者，"江西诗派"以枯淡瘦硬理解杜诗，乃弃泉饮瓢也。其次，"诗亦浓淡随宜耳，五言律必要淡，又被黄陈所误。"（《瀛奎律髓汇评》卷二十三评李商隐《江村题壁》）"若云圣俞反以平淡高之（姚合），此胸中终有黄陈积滞在。若不信此言，请还独老杜，何尝尚平淡耶？"（《瀛奎律髓汇评》卷二十三评梅圣俞《闲居》）"五律本于齐梁，虚谷不解也。律体成于沈宋，承齐梁之排偶而加整也。若云不淡不极，失其原本矣。"（《瀛奎律髓汇评》卷二十三评李商隐《江村题壁》）诗风多变，以浓淡相宜为极致，仅取淡格，未窥诗风全貌。最后，"诗主性情，而性情各因其时，或因其人，不可一例。三牲鼎烹，必曰不如葵笋杞菊，谬矣。无论黄、陈，即梅之五律，亦不必胜'九僧'。若必以苦硬瘦劲为美，则并葵笋杞菊之味亦失之矣。"（《瀛奎律髓汇评》卷四十七评僧怀古《寺居寄简长》）诗主性情，而性情因人、时之不同而不同，不可化为一例。性情万千故诗风万千，非一淡字所能囊括。况诗歌风格的差异性和独特性，才是诗歌创作的最终目标，如仅用一种风格去束缚诗家创作，则放眼望去均为一格，必失诗歌姹紫嫣红之貌，亦失诗人之个性。

第三，"江西"学杜仅以貌求，失杜之精髓。方回曾曰："读后山诗，若以色见，以声音求，是行邪道，不见如来。全是骨，全是味，不可与拈花簇叶者相较量也。"冯班认为：

"此'江西派'中紧要语，放翁以此不及黄陈也。大略放翁骨不如肉。"（《瀛奎律髓汇评》卷十六评陈后山《元日》）后山诗不能以声求，以色见，杜诗亦不能以声求，以色见，"江西"总以诗之外貌求诗歌之似，恰失诗歌之神骨。故冯舒指责"江西"之作，曰："全是形模。如村学蒙师，著浆糊摺子，硬欲刺人。自谓规行矩步，人师风范。句读间亦不差，然案头所有，海篇直音而已。"（《瀛奎律髓汇评》卷三十四评陈后山《钜野泊触事》）方回论诗只论诗之意味、字法、句法、对偶等，皆诗之外貌，故许印芳亦曰："义山学杜，得其神骨，而变其面貌，故能自成一家。虚谷所云组织艳丽，即其外貌也。以外貌论诗，已是门外汉。"（《瀛奎律髓汇评》卷二十三评李商隐《江村题壁》）"江西"之以外貌求与杜之肖似，远不如李商隐之学杜之精髓而自成一家者。

第四，"江西"学杜而不能自成一家，还在于"江西"之作偏离了"诗缘情"之旨。冯班曰："诗缘情而绮靡，赋体物而浏亮，全作体物语而无托兴，非诗人语也。然宋人以后不得废着题诗矣，少作可也，如老杜咏物乃为最佳。唐人之赋意，便自觉生动；宋人黏滞，所以不及。方君云：'体物肖形，语意精到。'宋人诗好煞，只得此八字，唐人玄远处未梦到。"（《瀛奎律髓汇评》卷二十七小序）诗歌的本质特征为"缘情"，哪怕是咏物诗也寄托了诗人的情思，亦非寻常捏就，而宋人作咏物诗仅以着题为标准，失去了"诗缘情"的本质。故冯班从诗咏性情的角度指出，诗歌乃情感之自然流露，学杜之佳者乃得杜之精髓而不失诗歌吟咏性情之本。

第五，"江西"学杜，失之粗硬，亦因读书少工夫。"宋人诗愈苦愈不韵，亦缘读书少工夫。"（《瀛奎律髓汇评》卷二十一评陈后山《雪中寄魏衍》）"律诗本实乎整，老杜晚年以古文法为律，下笔如神，为不可及矣。然须读破万卷，人与文俱老，乃能作此雅笔。浅学效颦学步，吾见其踬也。'江西'不学沈、宋，直从杜入，细腻处太少，所以不入杜诗堂奥也。"（《瀛奎律髓汇评》卷十评杜甫《立春》）诗乃性情所钟，故诗之魂为情，而学诗之途不二，惟有读书破万卷。

冯班总结的"江西"五失，亦是紧紧围绕美辞秀致和风雅比兴两大主题，借助杜诗的典范地位，从对立视角出发言说脱离晚唐诗风的弊病，从而树立晚唐诗风的正统地位。

当然，冯班以唐、宋之分论定诗之高下，不失偏激，门户之言时常得见。其常说"宋人除'西昆'外，不能道只字"；"宋人动手不得"（《瀛奎律髓汇评》卷三十评耿沛《入塞曲》）等，评语之中亦屡见"宋气""宋甚""宋气逼人""似唐""有唐味"等字眼，故纪昀论之："虚谷左祖'江西'，二冯又左祖晚唐，冰炭相激，负气诟争，遂并其精确之论，无不有深文以诋之。矫枉过正，亦未免转惑后人。"① 冯班对《瀛奎律髓》的评点，言语激烈处时常得见，确失平允之心。不过冯班虽左祖"西昆"，但其对"西昆"之流弊亦有一定的认识，曰："唐香艳诗必以义山为首，有妆里，意思远，中间藏得讽刺，'西昆'诸君不及也。"（《瀛奎律髓汇评》卷七小序）"'西昆'效玉溪，然有新事而少新意，富丽有余而新艳不足。"（《瀛奎律髓汇评》卷七评杨亿《无题》）

三 冯班对文学总集的评点及贡献

明以前乃至明初，文人的评点都很随意，评点者往往随

---

① （清）纪昀：《瀛奎律髓刊误序》，镜烟堂十种，中国国家图书馆藏。

机在选本上记录自己对于诗歌的一些看法，而这些评语却不一定针对选本而发，选本和评语之间颇为脱离。冯班对上述四部典籍的校勘、评点则非随意而为，而是为了传授诸生，作为学诗门径。正如蒋寅先生所言，冯班传播诗学的方式是"从文本的校勘、辑佚、考订入手，由文本研究推广到诗史研究，通过诗史研究和选本评点来表达自己的诗歌观念"①。这四部文学总集既是其诗学渊源，也是其教授后学的指南针。所以对于冯班而言，抄、校、评既是他求学问的途径，又是他传播诗学的方式，而评点本也成为贯穿其诗学理论的学问专著，真实记录了其诗学宗旨和对于诗法的总结。所以冯班在具体的整理过程中，有意识地总结诗学方法，传达其诗学主张。

（一） 对妙言佳句的赏析

冯班对喜爱的妙言佳句往往加以圈点，或点睛于具有象征意义的物象，或着意于诗篇的主旨，或留心于描写细致艳丽之词。除圈点以示特重外，他还使用简短的论语如"清新""清警""闲雅""雅正""清婉""清丽""有唐意""绝唱""佳极""落句妙""刻画""无谓""习气""恶派""宋甚""村甚""宋气"等，褒贬自现。尤其值得注意的是，褒奖之词往往用于唐诗，"有唐意"实可看作是对后代诗歌的最高评价。而"宋诗""宋甚""宋气逼人"已经成为恶诗的代名词。所以，看似漫不经心的圈点和简短的评语，不仅仅是冯班个人爱好的体现，又是提醒后学以示学习研读之意。

---

① 蒋寅：《虞山二冯诗歌评点略论》，《辽东学院学报》（社会科学版）2008 年 12 月。

（二）对篇章结构的分析

冯班对《才调集》《瀛奎律髓》的评点有说诗法者，有说诗人者，有说全篇者，有说一句者，并兼有评注者。其中说一句者和兼有评注者，多侧重于对诗句的赏析；说诗法者、说诗人者和说全篇者既有对篇章结构的分析，又有对篇章意旨的阐发。其中说篇章结构者，以具体的诗歌为案例，阐述为诗之道，曰："起承转合律诗之定法也。然只是初学简板上事。以此法看《才调集》如以尺量天也。"又："起承转合，不可不知，却拘不得，须变化飞动为佳。"① 教诲后学需以起承转合之法作为入门之初学，然欲将诗作好，则要脱尽此法，方见变化飞动。

（三）对诗法的论述

冯班追求诗作的立意运笔，重视诗歌的整体意境，故其强调突破起承转合之法，注重对诗歌比兴意旨的追求。如冯班评张泌《寄人》曰："唐人绝句上二句多着意。"评曹唐《病马五首呈郑校书章三吴十五先辈》曰："寓托感慨。"评韦韬玉《春雪》，曰："末句感慨。"评韦庄《抚楹歌》曰："此首不知何所刺，若直咏崔子，不应用漳浦事，'銮与'、'翠华'等字亦用不得也。"评元稹《压墙花》曰："此有所指也，却叙得蕴藉。"评孟浩然《春怨》曰："此即诗人言怀春之意也。颈联怨而不淫，便晓得不是邪滥之女，作诗须如此。连用二春字，文势便活。用意在颔联。"评温飞卿《过华清宫二十二韵》曰："此篇着意只在开元盛时，禄山乱后便

---

① 《二冯先生评阅才调集》清康熙四十三年垂云堂刻本，卷十白居易《代书一百韵寄微之》评语。

略。与华清、长恨不同。"评白居易《玩半开花赠皇甫郎中》，甚至说："诗以讽刺为本，寻常嘲弄风月，虽美而不关教化，只是下品。"冯班虽爱绮艳之作，重视辞采的华美，然其又注重儒家传统诗教，讲究风雅比兴，追求温柔敦厚。其总是试图将二者融合，以绮丽之词蕴含比兴寄托，达到艳而不靡、怨而不怒、讽而不露的绝佳状态，即做到温柔敦厚。

冯班对《玉台新咏》的圈点和对《才调集》《瀛奎律髓》的评点，自始至终贯穿他的诗学主张，以崇扬晚唐、西昆诗风为尊，并从名言佳句的赏析、篇章结构的分析和比兴意旨的阐发三个方面总结诗法，以示后人学诗的途径和方法。后代学人则抄录、刊刻二冯评校本以求学问，冯鳌曰："余学殖芜浅，未及窥古人堂奥，于诗义尤未谙。家默庵、钝吟两公精于古律杂歌诗，其丹黄甲乙务归于精当。予生也晚，未获亲承提命第受其遗编。读之，法程具在，眉宇得清，奚只为家学之渊源欤？"[1] 汪文珍曰："近日诸家尚韦縠《才调集》，争购海虞二冯先生阅本，为学者指南车，转相摹写，往往以不得致为憾。"[2] 王应奎亦曰："《才调集》一书，……自冯已苍兄弟加以批点，后人取而刻之，而此书亦盛行于世。"[3] 可见冯班评本已然成为他学问的载体，成为后学的教科书。

总之，冯班作为明清常熟藏书家的一员，校勘态度勤奋、严谨，故而冯氏抄、校本常作为判定版本优劣和校勘精粗的依据，为历代藏书家视为至宝。冯班勤于抄校宋元旧本，给

---

① 《玉台新咏·凡例》，康熙五十三年冯鳌刻本。
② 《二冯先生评阅才调集》汪文珍跋，清康熙四十三年垂云堂刻本，中国国家图书馆藏。
③ （清）王应奎：《柳南续笔》卷二，中华书局，1983，第167页。

我们留下了很多具有价值的版本，客观上为古籍的整理与保护，乃至传统文化的传播做出了极大的贡献。而且，其在《玉台新咏》《西昆酬唱集》《才调集》《瀛奎律髓》四部文学总集的整理上，以唐、宋诗对比的角度，分析了晚唐、"西昆"与"江西"诗法差异，系统地总结了"江西"之失，不仅在某种程度上遏制了宋诗风的强劲势头，还以评点之学总结诗法，指导后学，于诗歌鉴赏和诗歌创作均有莫大裨益，并对晚唐诗风的兴盛起到了助推的作用。虽然冯班最后又将诗学带入晚唐诗风的狭小格局之中，其以"破"为主的言说方式，亦带有藐视一切的狂妄和偏执，但亦可见其作为底层落魄文人在乱世迷途中对于重建文学传统的挣扎与努力。虞山诗派在冯班带领下延续晚唐、"西昆"之路，也迎来了短暂的辉煌，彰显了乱世文学所具有的独特诗学特征和诗学价值。

论清初文坛对宋代
《沧浪诗话》的反拨

——以冯班《严氏纠谬》为例

清代诗学是建立在对明代诗学的全面反思的基础上的。明七子的"文必秦汉，诗必盛唐"的主张，首先受到大家的指责，而严羽的《沧浪诗话》作为复古派的宗主，亦受牵连。钱谦益率先指出："严氏之论诗，亦其翳热之病耳。而其症传染于后世，举世皆严氏之眚也，发言皆严氏之谵也，而互相标表，期以药天下之诗病，岂不慎哉！"① 冯班紧追其后作《严氏纠谬》一文对严羽发起攻击，其文开宗明义，曰："嘉靖之末，王、李名盛。详其诗法，尽本于沧浪。至今未有知其谬者。"② 通观全文，不免流露出清初文人特有的偏执与过激。然冯班以布衣之身，欲在文坛弄出点声响，宣扬一家之言，激言愤慨无疑成为其有力的宣传手段。另，冯氏的某些论点亦击中严氏之弊，不失为要论。现将《严氏纠谬》分为三部分，论述如下。

---

① （清）钱谦益：《牧斋有学集》卷十五，上海古籍出版社，2010，第708页。
② 本文引用冯班之语皆出自《钝吟杂录》卷五《严氏纠谬》。

一 关于"以禅喻诗"

"以禅喻诗"是《沧浪诗话》的论述手段和论述特点。而这也正是冯班反拨的重点。冯班开篇即言"以禅喻诗,沧浪自谓亲切透彻者。自余论之,但见其漫漶颠倒耳",进而"纠谬",曰:

> 乘有大、小是也。声闻、辟支则是小乘。今云大历已还是小乘,晚唐是声闻、辟支,则小乘之下,别有权乘?所未闻一也。初祖达摩自西域来震旦,传至五祖忍禅师,下分二枝。南为能禅师,是为六祖,下分五宗;北为秀禅师,其徒自立为六祖,七祖普寂以后无闻焉。沧浪虽云宗有南、北,详其下文,都不指喻何事。却云临济、曹、洞。按临济元禅师、曹山寂禅师、洞山价禅师三人并出南宗。岂沧浪误以为二宗为南、北乎?所未闻二也。临济、曹、洞,机用不同,俱是最上一乘。今沧浪云:"大历以还之诗,小乘禅也。"又云:"学大历已还之诗,曹、洞下也。"则以曹、洞为小乘矣。所未闻三也。凡喻者,以彼喻此也。彼物先了然于胸中,然后此物可得而喻。沧浪之言禅,不惟未经参学,南、北宗派、大、小三乘,此最是易知者,尚倒谬如此,引以为喻,自谓亲切,不已妄乎?

佛有三乘,一为菩萨乘,即大乘;一为声闻乘;一为辟支乘。声闻、辟支因其求自度,而谓之小乘。严羽将汉魏晋与盛唐之诗,称为第一义,具正法眼,为大乘禅;大历以还之诗为小乘禅，晚唐之诗为声闻、辟支果，皆非正。严羽其先谓"乘有大小"，后分大、小、声闻辟支三乘，无疑自相矛盾。而后又将学大历以还之诗者，归入曹洞下。则学小乘者怎会成为大乘了呢？严羽"以禅喻诗"，而连喻的客体——禅的基本常识都混淆不清，那么他的喻又怎能清晰？关于此点，钱谦益在《牧斋有学集》卷十五《唐诗英华序》中曾予指出："严氏以禅喻诗，无知妄论，谓汉、魏、盛唐为第一义，大历为小乘禅，晚唐为声闻、辟支果，不知声闻、辟支，即小乘也。谓学汉、魏、盛唐为临济宗，大历以下为曹洞宗，不知临济、曹洞初无胜劣也。其似是而非，误人箴芒者，莫甚于妙悟一言。"① 不惟冯班，李维桢、陈继儒等也都表达了相似的意思。

清初乃至以后之学者反对《沧浪诗话》，往往抓住"严羽不知声闻、辟支即小乘禅"而大加渲染。关于不知声闻、辟支即小乘，或许出于严羽在禅学上的粗疏。但要考虑"以禅喻诗"仅是严羽论诗的手段，只要"本意但欲说得诗透彻"，至于所谈之禅是否符合禅宗本相，是否符合文人之言，于他而言是无关紧要的。② 冯班却自以为抓住了严羽的要害，进一步指责曰："至云单刀直入，云顿门，云死句、活句之类，剽窃禅语，皆失其宗旨，可笑之极。"并分析，云：

> 禅家言死句、活句，与诗法全不相涉也。禅家当机
> 煞活，有时提倡，有时破除，有时如击石火、闪电光，

---

① （清）钱谦益:《牧斋有学集》，上海古籍出版社，2010，第706页。
② 赵敏俐、吴思敬主编，韩经太等著《中国诗歌通史·宋代卷》，人民文学出版社，2012，第699页。

有时拖泥带水。若刻舟求剑，死在句下，不得转身之路，便是死句。诗人所谓死、活句全不同，不可相喻。诗有活句，隐秀之词也；直叙事理，或有词无意，死句也。隐者，兴在象外，言尽而意不尽者也；秀者，章中迫出之词，意象生动者也。禅须参悟，若"高台多悲风""出入君怀袖"，参之亦何益。凡沧浪引禅家语多如此，此公不知参禅也。

    冯班从形式的角度言禅的活句为灵活多变，若过于拘泥、刻板则沦为死句；从意境的角度言诗的活句为隐秀，即兴在象外、言有尽而意无穷和意象生动，也即严羽所云"空中之色，水中之月，镜中之象"，若直叙事理或直言尽意则为死句。他将形式与意境分开来讲禅与诗之异，我们却不妨将二者合起来讲禅与诗之同。

    钱锺书《谈艺录》云："禅宗当机煞活者，首在不执着文字，句不停意，用不停机。古人说诗，有曰'不以词害意'，而须'以意逆之'者；有曰'诗无达诂'者；有曰'文外独绝'者；有曰'不尽之意见于言外'者。不脱而亦不黏，与禅家之参活句，何尝无相类处。"[1] 禅也好，诗也罢，都是要求放弃执着，放弃拘泥，透过语言形式本身，探知言外之深意。而要领会其中深意，惟有参悟。"夫悟而曰妙，未必一蹴而至也；乃博采而有所通，力索而有所入也。学道学诗，非悟不进。"[2] 只是禅以悟为结果，而诗以悟为手段。胡应麟《诗薮》云："严氏以禅喻诗，旨哉！禅则一悟之后，

---

[1] 钱锺书：《谈艺录》，生活·读书·新知三联书店，2001，第294~295页。
[2] 钱锺书：《谈艺录》，生活·读书·新知三联书店，2001，第279页。

万法皆空，棒喝怒呵，无非至理；诗则一悟之后，万象冥会，呻吟咳唾，动触天真。然禅必深造而后能悟；诗虽悟后，仍需深造。"① 钱锺书《谈艺录》进一步指出："禅家讲关捩子，故一悟尽悟，快人一言，快马一鞭，一指头禅可以终身受用不尽。诗家有篇什，故于理会法则以外，触景生情，即事漫兴，有所作必随时有所感发，大判断外尚须有小结果。"② 冯班试图从禅与诗的区别着眼，攻击"以禅喻诗"，但未能准确抓住二者之异同。二者之相通是"以禅喻诗"之可能，二者之相异则是"以禅喻诗"之必要。至于对诗境的理解，人人各有不同，所谓一千个读者有一千个哈姆雷特。冯班以自己之标准苛求于严羽，未免强加于人。

还须指出的是，严羽"以禅喻诗"将诗分为大小乘，只是为了分诗的优劣等级。其于比喻客体之混淆不清，并没有妨碍其诗论的传达。他无非是强调汉魏晋盛唐诗歌之正，而晚唐之诗则不具法眼。而这也正是冯班论辩的根源。冯班反对复古吗？反对汉魏盛唐诗吗？都不是。他只是不取法盛唐，而取法晚唐，并由晚唐倒入汉魏六朝。冯班之所以斤斤于大、小乘，声闻、辟支之分，无非是针对严羽将晚唐归入末流，提出异议。严羽之喻未必合切，但喻只是宣传诗论的手段，大可不必拘泥。

二　关于诗体

冯班不只攻击严羽的"以禅喻诗"，还对沧浪之分体论提出质疑。当然，冯班之指责大都属于细枝末节，虽能纠正严

---

① （明）胡应麟：《诗薮》，上海古籍出版社，1979，第 25 页。
② 钱锺书：《谈艺录》，生活·读书·新知三联书店，2001，第 295 页。

羽的某些错误和疏漏，但未能撼动其根本。分诸诗体，只能就诗体的大体特征而言，不可能面面俱到，冯班的某些指责，难免有鸡蛋里挑骨头之嫌。

如，关于"建安体"，冯班指责曰："一代文章，惟须举其宗匠为后人慕效者足矣，泛及则为赘也。"此说难脱苛责之嫌。关于《琴操》，冯班云："《琴操》岂止二篇？《水仙操》亦不始辛德源。观此则沧浪不知《琴操》也。"《琴操》虽不只两篇，但沧浪只列两篇，亦不为误。岂需一篇一篇罗列于此？更显累赘。

关于以人分体，冯班曰："建安以后，诗莫美于阮公《咏怀》。陈子昂因之以创古体，何以不言阮嗣宗体？潘、张、左、陆，文章之祖。前言太康体，似矣。以人言，则何以缺此四君？""然沈、宋之前，不云李峤、苏味道；王右丞以后不言钱、郎、刘随州；李商隐之下，不言温飞卿；元白之下，不言刘梦得。皆缺也。"诚然，阮籍以及潘、张、左、陆等人在文学史上的贡献和独特地位是不容忽视的，但每个人对诗的理解不同，对诗体的划分亦不尽相同。有的诗人合乎其审美规范，难免就有些偏爱，有的就会有些疏略。陶渊明最初亦不受重视，锺嵘《诗品》列为下品，刘勰《文心雕龙》未置一语。时代及个人的审美标准不同，何必苛责？何况，冯班以诗体论定之言要求严羽之草创之始，难免有失公道。[①]

然而《严氏纠谬》中的有些论条，却也纠正了严羽的一

---

① 郭绍虞指出："至沧浪此节之病，在体与格不分，格与法不分，混体、格、法三者为一，故读者不易有清楚之认识。此则后出者精，明清诸家之论诗，虽袭沧浪旧说，而条理井然，不致如沧浪之混淆不清。大抵沧浪此节，仅根据时人而汇识之，没有细加分析，故有此失，但在开创之始，固难求全责备。"（《沧浪诗话校释》，人民文学出版社，1983，第100页）

些错误。如，关于"黄初体"，冯班曰："五言虽始于汉武之代，盛于建安，故古来论者，止言建安风格。至黄初之年，诸子凋谢不存，止有子建兄弟，不必更赘言又有黄初体也。"笔者较为认同冯氏此说。黄初体更多的是延续建安风格，虽然七子凋谢，然能代之以接替旗杆之人物还未出现，诗学风格、旨趣亦没有明显的转关。其作为一独立诗体的条件不够成熟。何焯的评注言之甚明，曰："特主绮靡，尤多丽偶。士衡出之，体实少异于建安之质，宜分太康体。玄风尽革，山水入咏，宜分元嘉体。"太康体、元嘉体之所以宜分，在于其风格变化较为明显，而且各自有能独领其军的重要人物。而黄初体的这两个条件都不具备，那么它作为一代诗体就有待商榷。

又如，冯班纠正严羽将"西昆体"与李商隐体混淆之论，曰：

> 《西昆酬唱集》是杨、刘、钱三君唱和之作。和之者数人，其体法温、李，一时慕效，号为"西昆体"。其不在此集者尚多。至欧公始变，江西已绝后矣。及元人为绮丽之文，亦皆附昆体。李义山在唐与温飞卿、段少卿号"三十六体"，三人皆行第十六也。于时无"西昆"之名。

何焯进一步指出："其误始于《冷斋夜话》。金源时此书流于北方。如李屏山《西岩集序》、元遗山《论诗绝句》皆率指义山为'昆体'。玉溪不挂朝籍，飞卿沦为一尉，安得厕迹册府耶？杨文公《序》云：'取玉山册府之名，命之曰

《西昆酬唱集》。'""西昆体"为仿效李商隐之作，与李义山体全不是一回事。再如，严羽云："有古诗全不押韵者，古采莲曲是也。"冯班纠谬，曰："按'江南可采莲，莲叶何田田。鱼戏莲叶间'，'田''莲'是韵。'间'字古韵通，何言全无韵也？"严羽云："有后章字接前章者。曹子建《赠白马王彪》诗。"冯班纠正，曰："按《三百篇》已有此体。"严羽论诗经常杂采时论，不加考辨，乃至经常出现此种错误。冯班细细考辨，一一指出，不失要论。

冯班的某些演绎亦可补严羽之缺漏，不乏精彩之言。如其关于"永明体"之论，甚为详细明了：

永明之代，王元长、沈休文、谢朓三公，皆有盛名于一时，始创声病之论，以为前人未知。一时文体骤变，文字皆避八病。一简之内，音韵不同；二韵之间，轻重悉异。其文二句一联，四句一绝，声韵相避，文字不可增减。自永明至唐初，皆齐梁体也。至沈佺期、宋之问，变为新体，声律益严，谓之律诗。陈子昂学阮公为古诗，始为古诗体。唐诗有古、律二体，始变齐梁之格矣。……齐时，如江文通诗不用声病，梁武帝不知平、上、去、入，其诗仍是太康、元嘉旧体。若直言齐、梁诸公，则混然矣。齐代短祚，王元长、谢玄晖皆殁于当代，不终天年。沈休文、何仲言、吴叔庠、刘孝绰皆一时名人，并入梁朝。故声病之格，通言齐梁。若以诗体言，则直至唐初皆齐梁体也。白太傅尚有格诗，李义山、温飞卿皆有齐梁格诗，但律诗已盛，齐梁体遂微。后人不知，或以为古诗。若明辨诗体，当云齐梁体创于沈、谢，南北相仍，以至唐景云、龙纪，始变为律体。

从声病而言，永明体、齐梁体一脉相承；从风格而言，齐梁体又有变化，始创新格，日尚绮靡。严羽与冯班之划分标准不同，不能骤言对错。不过冯班此段关于诗体传承与变革之论，深入分析了齐梁体的产生及其与律诗的传承和古律之分，细致明了地阐明了齐梁体的来龙去脉，不乏创见。

三　关于诗法

沧浪云："诗之是非不必争，试以己诗置之古人诗中，与识者观之而不能辨，则真古人矣。"冯班纠之曰：

> 沧浪之论，惟此一节最为误人。沧浪云："于古今体制，若辨苍素。"又云："作诗正须辨尽诸家体制。"沧浪言古人不同，非止一处。由此论之，古之诗人，既以不同可辨者为诗。今人作诗，乃欲为其不可辨者。此矛盾之说也。

严羽辨尽诸家体制，无非是强调诗体的不同，进一步说就是诗因不同乃为诗，此处却又要以今人之诗置于古人诗中，而不可辨，岂非自相矛盾？钱振煌曰："沧浪借禅家之说以立《诗辨》，于禅则分第一义、第二义、正法眼藏、小乘禅、间辟支果、野狐外道；于诗则分汉、魏、晋、宋、齐、梁、盛唐、晚唐，其说巧矣。虽然佛门广大，何所不容，禽兽鱼鳖，皆有佛性，但能成佛，何必究其所自来。须知极乐世界，原无界限，何容平地起土，堆空门作重槛哉？历代以来，诗虽千变，但求其合于人情，快于己意，便是好诗。格调体制，何足深论。沧浪分界时代，彼则第一义，此则第二义。索性能指出各家优劣，亦复何辨。无奈只据一种荣古虐今之见，犹自以为新奇，此真不可教诲也。"① 佛门广大，包容万象，既已成佛，何必究其来历，判其优劣？诗以性情为本，只要合于己意之诗，便是好诗，何必又以格调强分高下？严羽将禅分第一义、第二义非知禅也；将诗以格调分之三六九等，非知诗也。不知禅，不知诗，又如何"以禅喻诗"呢？朱庭珍也认为严羽之故"悟"，是"求渺冥之悟，流连光景，半吐半吞"，"终无药可医也"。② 吴乔亦曰："诗于唐人无所悟入，终落死句。严沧浪谓诗贵妙悟，此言是也。然彼不知兴比，教人何从悟入？实无见于唐人，作玄妙恍惚语，说诗说禅说教具无本据。"③ 就"以禅喻诗"而言，钱谦益与冯班等虞山诗派皆认为诗以道性情，而人生有喜、怒、哀、乐之情，人的情感不分高低优劣，故以道性情的诗，亦不分优劣。师古不失为学诗的一种法门，但学古只是手段，不是目的。师古而达今，方为正门。

　　然而冯班等所说的古今不同，乃是针对诗体之异而言。严羽云古今不能辨者，当为体制相同风格相近之诗，乃就古今诗体之传承而言。如将两种体制不同之诗置之一处，如何能使观者不能辨？显然两者论说的着眼点不同。严羽此说虽

---

① 钱振煌：《谪星说诗》，见《民国诗话丛编》，上海书店出版社，2002，第 578 页。
② （清）朱庭珍：《筱园诗话》卷一，见《清诗话续编》，上海古籍出版社，1983，第 2328 页。
③ （清）吴乔：《围炉诗话》卷五，见《清诗话续编》，上海古籍出版社，1983，第 603 页。

有语义不明、易留诸口舌之处，然其无非以类古为学诗门径，虽有夸张失当之处，但要考虑他论诗的现实语境和论诗的出发点。其论诗以类古为主，却非盲目拟古，其对模拟之对象是有所取舍的。

但在冯班看来，严羽以古人之作作为衡量今人诗作的标准，必然以今人之性情和创造力的丧失为代价，失去了作诗的宗旨和意义。因为冯班虽不反对师古，但他并不把师古作为学诗的惟一手段，他也强调师心，要将师古与师心两者融合起来。而且冯班的此处言论看似斤斤计较，却非无的放矢，而是针对明代诗歌流弊而发。明七子秉承严羽拟古之路，专事模拟，忽视了诗歌的风格特征和修辞要求等，将盛唐诗歌作为衡量一切诗歌创作的准则，使诗歌成为古人为今人代言的工具，失去了表情达志的本质特征。冯班为救一时之弊，而成一家之言，不免言之过激，毁之太过，但也言出有因。

严羽论诗，还有很多言之不确处，冯班均一一考证，指明谬误。

如，严羽云："'仙人骑白鹿'之篇，予疑'苕苕山上亭'已下，其义不同，当又别是一首。郭茂倩不能辨也。"《严氏纠谬》曰："此本二诗，乐工合之也。《乐府》或一篇诗止截半首，或二篇为一，或一篇之中增损其字句。盖当时歌谣，出于一时之作，乐工取以为曲，增损以协律。故陈王、陆机之诗，时谓之'乖调'，未命乐工也。具在诸史《乐志》，沧浪全不省，乃云郭茂倩不辨耶。"冯班对于乐府有着很深的认识。其《古今乐府论》《论乐府与钱颐仲》《论歌行与叶祖德》都是系统的研究乐府的专论。他从乐府体制入手，通过乐府与音乐之间的关系，考辨乐府的流变。古诗皆可入乐，诗与乐府并无分界，后乐失传，歌诗乃分界。而乐府古词经乐工加工剪裁以合音乐，早已经失去了本来面目。现在看到的很多不可通者，并非创作之初就如此，而是经过乐工加工以合乐的结果。沧浪不知此点，难怪有此言论。

又如，严羽云："《楚词》惟屈、宋诸篇当读之外，惟贾谊《怀长沙》、淮南王《招隐操》。"又云："《九章》不如《九歌》，《九歌·哀郢》尤妙。"冯班曰："《九章》有《怀沙》，贾太傅无《怀沙》也。《招隐士》亦非操。《哀郢》是《九章》。《九歌》是祀神之词，何得有《哀郢》？沧浪云'须熟《楚词》'，今观此言，《楚词》殊未熟，亦恐是未曾看。彼闻贾生为长沙王傅自伤而死，遂以为有《怀长沙》，不知《怀沙》非长沙也。彼知屈子不得志于怀、襄而死，意《哀郢》必妙，不知《九歌》无《哀郢》也。望影乱言，世为所欺。何哉！"钱曾亦有相似论断。按《四库全书总目》之言，严羽之误"或一时笔误，或传写之讹，均未可定。遽加轻诋，未免佻薄"。然严羽之误不仅此一处，很难断定均出于笔误或传写之讹。[①] 哪怕为版本流传之误，冯班给予指出，亦为一件功事。

冯班的某些偏激之言、攻击之语和对于细枝末节的考索，虽过于斤斤计较，失却了很多风度，但也表现出其严谨的学术态度与对于自己学术观点的坚持。严羽的某些常识性错误，看似微不足道，但对于严谨的学人而言，任何瑕疵都是不能容忍的。又其正可借严羽《沧浪诗话》的影响，宣扬冯班自己的诗学主张。

---

① 关于"用事不必拘来历"之"事"字，郭绍虞《沧浪诗话校释》据《诗人玉屑》考证当为"字"字。

同时需要指出，冯班虽处处指责严羽之论，却又不能不受到沧浪的影响。如其苛责严羽之"空中之色，水中之月，镜中之象"之喻，不如刘梦得云"兴在象外"和《孟子》"说诗者不以文害辞，不以辞害志，以意逆志，是为得之"。而其在阐明诗之"活句"时又用了这一概念。不论严羽之喻还是刘梦得之语、《孟子》之言，实为一意，归根于"言不尽意""言外之意"。冯班虽未用其语，却无法回避其意。

又，冯班的某些诗学论述，恰可作为"沧浪"诗论的补充。

> 沧浪云："不落言筌，不涉理路。"按：此二言，似是而非，惑人为最。夫迷悟相觉，则假言以为筌；邪正相背，斯循理而得路。迷者既觉，则向来之言，还归无言；邪者既返，则向来之路，未尝涉路。是以经教纷纭，实无一法可说也。此在教家，已自如此，若教外别传，则绝尘而奔，诚非凡情浅见所测，吾不敢言也。至于诗者，言也。言之不足，故长言之，长言之不足，故咏歌之。但其言微不与常言同耳，安得有不落言筌者乎？诗者，讽刺之言也。凭理而发，怨悱者不乱，好色者不淫，故曰"思无邪"。但其理玄或在文外，与寻常文笔言理者不同，安得不涉理路乎？

严氏此说不误，冯氏此说亦不误，只是侧重点不同而已。严氏之云"不落言筌，不涉理路"，非谓不要理与言，而是要寻求言外之音、理外之情，达到情理、言意浑融的境界，而不可一味拘于字障、理障。所谓"羚羊挂角，无迹可寻"，所谓"言有尽而意无穷"是也。冯氏之言在于对诗歌载体的强调。诗歌作为抒情、讽谏之工具，非惟离不开言，亦离不开理。然诗之言与理又与寻常之言、理不同，由此表现出了诗歌的独特性。所以说冯氏对言与理的强调，在于对诗歌表现手法的强调和诗歌独特性的强调；而严氏之论在于对言外之意、理外之情的重视。二者不仅不相悖，反可互为补充。

冯班之于严羽虽大加斥责，言语不免过激失当，但其与严羽却并无本质上的分歧，无非是二人论诗旨趣和宗法对象的不同。二人主张复古的大方向和某些论调还是基本相同的，冯班也在不同程度上受到了严羽诗论的影响。从论诗的出发点而言，严羽论诗主要为矫正以"江西诗派"为代表的宋诗风，从而极力倡导盛唐诗风；冯班论诗主要为矫正明七子为代表的盛唐拟古风和以竟陵派为代表的盲目师心风，倡导晚唐诗风。在反对以"江西诗派"为代表的宋诗风上，冯班与严羽是相同的，但在诗歌取径上不同，冯班为矫正明末诗歌流弊，从而对严羽推崇盛唐极力指责。而综观清初诗坛对严羽的反拨，无非都是受到了明七子复古派的牵连。清初诗坛为矫正明末诗坛的流弊，兴起两种诗风：一是以钱谦益为代表的宋诗风；一是冯班等极力倡导的晚唐诗风。两种诗风之间虽也纷争不断，却不约而同地把刀锋指向了严羽，借严羽对诗坛的影响扩大自家学派的影响，宣扬自家诗学主张。

图书在版编目（CIP）数据

虞山诗派论稿／周小艳著. -- 北京：社会科学文
献出版社，2020.6
ISBN 978-7-5201-6436-8

Ⅰ.①虞…　Ⅱ.①周…　Ⅲ.①古典诗歌-诗歌研究-
中国-明清时代-文集　Ⅳ.①I207.22-53

中国版本图书馆 CIP 数据核字（2020）第 049721 号

虞山诗派论稿

著　　者／周小艳

出 版 人／谢寿光
责任编辑／杜文婕
文稿编辑／李　伟

出　　版／社会科学文献出版社（010）59367143
　　　　　地址：北京市北三环中路甲 29 号院华龙大厦　邮编：100029
　　　　　网址：www. ssap. com. cn
发　　行／市场营销中心（010）59367081　59367083
印　　装／三河市东方印刷有限公司

规　　格／开　本：787mm×1092mm　1/16
　　　　　印　张：10　字　数：110 千字
版　　次／2020 年 6 月第 1 版　2020 年 6 月第 1 次印刷
书　　号／ISBN 978-7-5201-6436-8
定　　价／98.00 元

本书如有印装质量问题，请与读者服务中心（010-59367028）联系